마음에도
길이
있어요

• 힐링 에세이북 •

마음에도
길이
있어요

Travel
to Me

나에게로 떠나는 여행──

김예채 지음

미디어샘

너무 빠르게 움직이려 하지 말고

조금 천천히,

조금 여유롭게,

조금 가볍게,

나에게로 떠나는 여행 함께해요.

내가 평생 사랑해야 할 사람은 바로 나예요.

글을 쓰는 작가로 사람과 사랑, 삶에 대해 관찰하다 보니 사람의 마음에도 길이 있다는 걸 알게 되었습니다. 사람마다 각자의 길을 가지고 살아가는데 그 길이 비슷한 사람들을 마음의 결이 비슷하다라고 표현하기도 하더라고요. 마음의 길과 결이 비슷한 사람들에게는 공통점이 있다는 것도 알게 되었지요.

우리는 삶을 살아가면서 예기치 못한 아픔, 슬픔, 난감함, 당혹함을 끊임없이 만납니다. 피하고 싶지만 불행을 겪지 않을 수는 없습니다. 때론 내 선택으로 잘못된 길을 걸어가기도 하고요. 그러나 인생에 행복과 기쁨만 가득하다면 고쳐갈 것이 없고, 깨달을 것이 없기 때문에 더 불행한 삶을 살게 되는 것이 아닐까 생각해 봤습니다. 앞으로 더 발전하고 나아질 것들이 있기에 삶은 찬란하고 아름답다고 표현하는 것일 테니까요.

특별한 삶이란 다른 무엇이 아닙니다. 일상에서 일어나는 다양한 것들 사이에서 느끼는 찰나들로 인해 더 성숙해지고 성장하는 것이지 않을까요? 이 진짜의 순간들을 겸손하게 받아들이고 신나게 즐기는 사람들에게서 마음의 길이 비슷함을 보았습니다.

나는 어떠한 마음의 길을 원하는 것일까? 질문해봤습니다. 인생에 어렵고 힘든 시간들과 마주했을 때, 서로가 서로를 포근하게 쓰다듬고 따뜻하게 토닥여주어 '함께'라는 안정감을 느끼게 해주면 좋겠다 생각했습니다. 진짜 위로는 사랑하는 사람을 진심으로 와락 하고 꼭 끌어안아줄 때 말하지 않아도 느껴지거든요. 그때, 마음의 온도가 높아지고 뒤죽박죽이던 생각들이 정리되어 다시 내 마음이 정말 원하는 길, 올바른 길 위에 서게 되더라고요.

우리는 수많은 갈림길 위에서 오랜 시간 고민하고 아파합니다. 그럴 땐 외부에서 들려오는 시끄러운 말들을 차단하고 조용히 마음의 소리를 들어보세요. 당신의 마음에 오래전부터 만들어진 아름다운 길은, 당신이 어디로 가야 할지 이미 답을 알고 있으니까요. 저의 짧은 잔상들이 마음의 길을 잃고 헤매는 영혼들에게 내일을 살아갈 용기와 위로와 희망을 전할 수 있기를, 아름다운 마음의 길을 찾아 찬란하고 오묘한 자신만의 빛을 세상에 비추며 살 수 있기를 응원합니다. 결국, 사랑하며 사는 시간만이 삶의 끝에서 오롯이 남을 인생의 전부입니다. 미움, 다툼, 시기, 질투는 멀리 던져두고 더 많이 사랑하고 아껴주며 살아요, 우리.

김예채

Contents

006   Prologue

내가 평생 사랑해야 할 사람은 바로 나예요

013   My Passport

Travel
to my Heart

016 노란불이 품은 여백

020 꿈을 이루는 것

021 꿈을 먹고 살아요

022 The Road Map of my life

024 아주 사소한 행복

028 Q&A to me

029 오춘기

030 Check List

036 메멘토 모리 Memento Mori

039 듣고 싶은 말

040 마음이 마음에게

042 Love of my life

048 눈물은 별이 될 거야

050 Q&A to me

052 세상에서 가장 뜨거운 선물

054 Q&A to me

055 청춘의 특권

056 차를 세워버릴까?

057 Q&A to me

059 순수함을 찾아서

060 My Book Log

066 서먹했던 그에게서 온 문자

068 소나기

072 내비게이션

073 Bucket Book List

074 바람은 지나가는 것

077 마음의 소음

078 Check List

080 다시 일어서는 힘

082 그의 마음정원에는

084 식사하셨어요?

086 나중에

087 Q&A to me

088 그릇의 크기

090 자격 없는 사람들의 선을 넘는 비판

092 순간

093 누군가를 빛내주는 일

094 Love of My Movie

096 한번도 생각해본 적 없는 것

098 Wish You Were Here

100 뜻밖의 위로

104 밥 한 끼

106 밥심

110 TMI Too Much Information

112 Q&A to me

114 단 하나뿐인 선물

Travel
to my Love

118 　찰나

119 　사랑해

120 　너의 고백

122 　그루잠

123 　Thing I Like

124 　그 여자

126 　그 남자

128 　빵

130 　주인공

131 　신경안정제

132 　Falling in Love

133 　알람

134 　예뻐

135 　표현

136 　Wish List

138 　비가 오는 날

140 　그곳

141 　특별하지 않은 날

142 　눈

143 　Check List

144 　사랑을 아껴두는 일

145 　어른

146 　심心

150 　아침

151 　사랑한다는 말

152 　수연산방

153 　남산

154 　A Secret Place

156 　눈맞춤

158 　탱탱볼

160 　기도

162 　Happy Memory

Travel
to my Road

166	나이
168	Q&A to me
170	스무 살의 나에게
173	그게 뭐 어때서
174	드림캐처 Dreamcatcher
176	Bucket List
177	잘자, Good Night
180	느낌대로
182	Play List
184	똑같은 건 싫어서
186	작가로 산다는 것
188	감사 일기
190	Gratitude Journal
194	선한 영향력
196	표정에 그 사람이 있습니다
198	Mind the Graph
200	사람을 살리는 배려
202	엄마의 서른
206	나이를 넘어선 친구
208	Secret Letter
210	그깟 미역국이 대체 뭐라고
213	손 잡고 가보자
216	부단히 사랑해요, 우리
218	Q&A to me
222	Epilogue

내 마음의 길을 따라
여행할 준비되었나요?

✈ Travel to me   **Travel Tiket**

Flight _____

Date ____ *Time* _____

GATE _____

SEAT _____

Travel Tiket ✈

NAME   *SURNAME*

Flight _____

Date ____ *Time* _____

GATE _____

SEAT _____

My Passport

name
_____

date of birth
_____

gender
_____

blood type
_____

mobile
_____

address
_____

e-mail
_____

instagram
_____

office address
_____

tel
_____

fax
_____

Travel
to
my
Heart

현재 나의 삶을 이루는 건

내가 매일 쌓아가는 한 시간,

반나절,

하루,

일주일이 눈덩이처럼 불어나

흘러온 시간들이에요.

노란불이 품은 여백

하루 잘 보냈나요? 저는 오늘 운전을 하는데 누가 일부러 장난이라도 한 것처럼 노란불과 계속 마주치는 날이었어요. 평소엔 느긋한데 운전을 할 땐 성격이 급해지더라고요. 꼭 시험대에 오른 기분이랄까요. 신호등 앞으로 다가설 때마다 엑셀러레이터를 밟아야 하나, 브레이크를 밟아야 하나 그 짧은 순간에도 수없이 고민하게 되더라고요. 누가 재촉하는 것도 아닌데 빨리 가야 한다는 스트레스도 함께 말이에요.

그날도 수많은 노란불과 내면의 싸움을 한 날이었어요. 일을 시작하기도 전에 이미 정신적인 에너지를 다 써버린 거 있죠. 지쳐서 작업실에 도착했는데 갑자기 이런 생각이 들었어요. '교통법규에는 노란불일 때 어떻게 하라고 쓰여 있더라?' 그래서 바로 찾아봤죠.

정지선 전에 노란불이 들어왔다면 정지를 하는 것이 올바른 운전법입니다.

노란불에는 원래 멈추는 게 규칙인데 자꾸 가려고 하니 제 운전 스텝이 꼬였던 거예요. 조급하니까 편안했던 마음도 꼬이고요. 그럴 때 있지 않나요? 이러지도 저러지도 못할 노란불 같은 순간들 말이에요. 그럴 땐 잠깐 멈춰야겠다는 생각이 들더라고요. 너무 빠르게 움직이려 하지 말고 조금 천천히, 조금 여유롭게, 조금 가볍게 생각하는 거죠.

멈춰야 하는 순간에 정지하지 않고 갈팡질팡 망설이면 오히려 사고 회로가 완전히 꼬여 맨 처음으로 돌아가야 할 때도 있어요. 교통사고라도 난다면 잘못 없는 주변 사람들까지 엉망진창이 되어버리잖아요. 노란불은 이런 것들을 방지하기 위해서 존재했던 건데 잊고 살았던 거죠.

오늘은 내 마음 안에 노란불일 때 멈춰 설 수 있을 만큼의 여백을 가지고 살면 좋겠다고 생각한 날입니다. 너무 빠르지도 너무 느리지도 않게, 스텝이 꼬이지 않게, 누군가가 피해보지 않도록 말이죠. 생각해보면 아주 미세한 여백이지만 이 여백이 무탈한 삶을 선물로 주는 건 아닐까요. 그래서 여백이 주는 미가 아름답다고 말하나 봐요. 저는 오늘 노란불만큼의 여백, 딱 그만큼의 여백을 품은 하루였습니다.

당신의 오늘은 어땠나요? 여기저기 노란불이 턱턱 길을 막고 있었던 건 아닌지 모르겠네요.

"넌 아직도 꿈이 많구나?"
"꿈꾸는 데 돈 드는 건 아니잖아요."

꿈을 이루는 것

작가가 되기로 결심했을 때, 그 꿈은 절대 닿지 않을 것처럼 멀게 느껴졌어요. 마치 수십 년, 혹은 수백 년을 헤맬 것 같았죠. 까마득히 멀리 보이는 별을 잡기 위해 애쓰는 일처럼 느껴지기도 했어요.

그러면서도 매일 예쁜 노트와 펜과 메모지를 다 쓰지도 못할 만큼 한 다발씩 사서 모았어요. 지나보니 작가가 되기 위한 준비를 할 때 저는 가장 기뻤던 것 같아요. 그 노트와 메모지가 다 채워지는 날이 행복했어요. 펜이 나오지 않을 때까지 무엇인가를 쓸 수 있다는 것이 기뻤던 날들이었지요. 어쩌면 꿈은 바라고 상상하고 소원하고 이루고자 노력할 때가 훨씬 좋을지도 모르겠어요.

막상 그렇게 원하던 작가가 되고 나니 더 심한 슬럼프에 빠지더라고요. 어떤 이야기를 쓰기 위해 작가가 되었나 하는 고민에 빠지기도 했고요. 허탈감과 공허함의 무게에 짓눌려 허우적거리기도 하고요.

사실 꿈을 이루고 난 뒤에는 별 재미가 없을 수도 있어요. 꿈이 있는 이유는 꿈을 이루기 위해 가는 과정 속에서 행복한 욕망을 마음껏 펼칠 수 있기 때문일 테니까요. 그러니 마음껏 꿈꿔요, 우리. 그리고 마음껏 이뤄봅시다. 재미있고 행복한 일만 하며 살기에도 인생은 짧으니까요.

꿈을 먹고 살아요

"넌 아직도 꿈이 많구나?"

선배가 제게 툭 내뱉은 말이었어요. 대화를 하다보니 제가 앞으로 하고 싶은 일들을 쉬지도 않고 신이 나서 이야기하더래요. 그게 참 부러워 보였다고요. 나이가 들어도 꿈이 여전히 많다는 게 신기해 보였대요. '쟤는 저 많은 꿈을 다 이루려면 도대체 몇 살까지 살려고 그러나' 싶더래요. 제가 대답했어요.

"선배, 꿈꾸는 데 돈 드는 건 아니잖아요."

꿈꾸는 데 돈이 드는 것도 아닌데 내 안에 모든 능력을 모아 마음껏 꿈꿔보는 것도 행복한 일 아닐까요? 현실적인 한계를 미리 정해두지 말고요. 이루기 위해서도 꿈꾸지만, 꼭 이루어지지 않아도 꿈꾸고 노력했다는 것, 그 자체로 숭고한 일이잖아요.

사람은 밥만 먹는 게 아니라 꿈을 먹고 살아요. 우리가 어른이 된 후로 산타클로스 할아버지를 믿지는 않지만 크리스마스의 기적을 믿는 것처럼 말이죠.

자, 마음의 준비가 되었다면 오늘은 상상만 해도 행복한 꿈을 가득 적어볼까요?

The Road Map of my life

마음으로 떠나는 여행, 지도를 챙기세요.
출발 전 잠깐 숨을 고르며 나의 인생 로드맵을 그려보세요.
목적지를 가는 길목마다 제대로 가고 있는지 확인하면 길을 잃지 않아요.

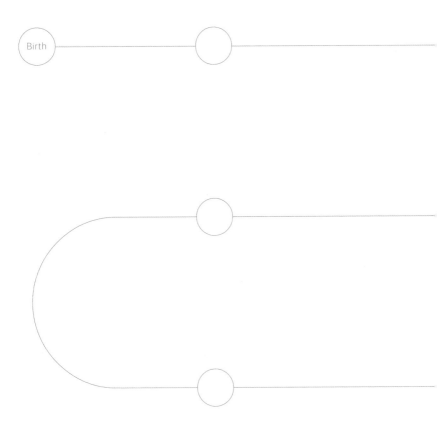

The Road Map of my life

< 로드맵 그리는 법 >

1. 지금 어디까지 삶의 여행을 왔나요? 길 위의 원은 나이를 적는 란입니다.
2. 죽기 전에 이루고 싶은 꿈과 함께, 꿈을 이루고 싶은 나이를 원 안에 적으세요.
3. 그 꿈을 위해 거쳐야 하는, 나이를 적은 원 아래에 중간목표를 적어보세요.

아주 사소한 행복

휴식이 필요할 때 훌쩍 떠나는 곳이 있어요. 안동과 예천인데요. 이곳은 저만의 아지트입니다. 저는 바쁜 시간을 보낸 후에는 병적으로 공백의 시간을 가지려고 해요. 안동은 서울과 어느 정도 거리가 있어서 훌쩍 떠나는 느낌이 들어서 좋더라고요. 도시와 농촌의 모습을 둘 다 볼 수 있는 곳이기도 하고요. 시끄럽고 복잡한 내면의 소리에 귀 기울이고 싶어지면, 저는 그곳으로 떠납니다.

그날도 안동에 도착한 며칠은 숙소 근처를 벗어나지도 않고 쉬었어요. 그렇게 쉬고 나니 그제야 다른 것들이 눈에 좀 들어오더라고요. 몸도 찌뿌둥하고 사람도 그리워져 시장에 놀러가기로 했습니다. 안동에는 아직도 5일장이 서는데 구경거리가 많거든요.

12월 초였지만 날씨는 추웠고 아침에는 살짝 서리가 내려 있었죠. 저는 평소에도 듣지 못하는 소리와 낯선 것들에 호기심이 많고 흥미를 느끼거든요. 장터로 가는 발걸음이 설레기 시작했어요. 언제나 방어벽을 치던 제 마음도 봉인해제되고 있었고요.

시장으로 들어가 호떡과 어묵을 먹고 시장통에 있는 채소와 나물들을 둘러보았습니다. 구수한 사투리로 오가는 대화가 귓가에 맴돌자 사람과 사람이 부대껴 사는 것이 느꺼져 정겨워지더라고요. 숙소에서 먹을 옛날 과자도 한 봉지 사고, 김이 모락모락 나는 떡도 한 봉지 손에 들었습니다. 서울에 비해 저렴한 가격 덕에 좋아하는 간식들을 종류별로 살 수 있어 신이 났어요. 걸음은 더 가벼워졌습니다. 이모님들과 농담도 주고받고요. 이천 원 어치를 사도 덤을 얹어주니 오히려 어색하기도 했어요. 마치 세상을 다 가진 어린아이처럼 기쁨이 넘쳐 콧노래가 절로 나왔죠.

마지막으로 저는 시장에서 가장 맛있다는 국밥집으로 들어가 주문을 하고 앉았어요. 뜨끈한 국밥을 한 그릇 먹고 나니 움츠러들었던 몸도 마음도 한결 따뜻해지더라고요. 심지어 달콤한 졸음이 슬그머니 밀려왔습니다. 국밥을 먹은 후에는 평소 즐겨 마시는 아이스 헤이즐넛 라떼를 사 들고 해가 질 무렵까지 찬찬히 걸어 숙소로 돌아왔어요.

때로는 아주 사소한 것들이 나를 행복하게 하고, 살아 있다고 느끼게 하고, 웃음을 짓게 합니다. 가끔은 이렇게 온전히 마음을 풀어놓을 수 있는 곳에 나를 방치하는 것도 필요한 것 같아요. 나에게도 행복을 충전할 시간이 주어져야 하니까요. 그날 밤은 다시 서울로 올라가 나의 자리로 돌아가야겠다는 생각에 모처럼 단잠을 잤습니다.

휴식이 필요할 때 훌쩍 떠나는 곳이 있어요.

이곳은 저만의 아지트입니다.

Q&A to me

여기 어디로든 갈 수 있는 티켓이 있어요.
가고 싶은 곳, 과거와 미래 어디든 가능해요. 어디로 가시겠어요?
꼭 가보고 싶은 곳 10곳을 적어보세요.

☐ _____

☐ _____

☐ _____

☐ _____

☐ _____

☐ _____

☐ _____

☐ _____

☐ _____

☐ _____

오춘기

하나가 빠지면 서운하지 않을까? 하나가 더해지면 과하지
않을까? 한두 살 먹을수록 무언가 더 확신도 서지 않고 옅어
지는 것 같아 아무 말도 입 밖으로 내뱉을 수 없던 날이었어
요. 작업실을 같이 쓰는 선배에게 못마땅한 얼굴로 물었죠.
"선배, 나 오춘기 온 것 같아요."
선배가 가소롭게 훗, 하며 대답했죠.
"야, 십춘기 정도 지나고 이제 인생도 좀 알 것 같고, 그렇게
나를 어지럽게 하던 롤러코스터도 멈추고, 인생 참 구역질나
게 하던 파도도 잠잠해지는구나 싶으니까 말이야. 그때 딱!
갱년기 오더라."
선배가 잠시 현실을 잊고 달콤한 말을 듣고 싶어 하는 후배
에게 '꿈 깨!' 하고 환상을 와르르 무너뜨린 느낌이었죠. 앞
으로도 어김없이 다가올 인생에 핑크빛만 있지는 않겠지요?
우리는 언제 날아올지 모르는 돌을 대책 없이 맞기도 하고,
때론 피하기도 하면서 살아가잖아요. 바다에라도 빠지면 푸
욱 가라앉을 만큼 가슴의 무거운 짐 하나씩 지고 말이죠. 빤
히 알면서도 저는 다시 물었죠.
"그래서 선배, 내 오춘기는 대체 언제 끝나는데?"

Check List

나의 성격

나의 습관

나의 취미

나의 특기

나의 장점

나의 단점

나의 MBTI

나의 이상형

나의 롤모델

가진 것 중 가장 아끼는 것

가진 것 중 가장 쓸모없는 것

가진 것 중 가장 최근에 생긴 것

가진 것 중 가장 오래된 것

가진 것 중 가장 비싼 것

가진 것 중 가장 저렴한 것

가진 것 중 가장 크기가 작은 것

가진 것 중 가장 크기가 큰 것

가지고 싶은 것

Check List

준비물 잘 챙기셨나요?
출발 전 놓친 건 없는지 내 마음 상태 꼼꼼히 체크해보세요.

좋아하는 색

좋아하는 향

좋아하는 날씨

좋아하는 요일

좋아하는 숫자

좋아하는 음식

좋아하는 과일

좋아하는 계절

좋아하는 시간대

좋아하는 나라

좋아하는 가수

좋아하는 배우

좋아하는 작가

좋아하는 동물

좋아하는 게임

좋아하는 캐릭터

좋아하는 브랜드

좋아하는 인테리어

Check List

준비물 잘 챙기셨나요?
출발 전 놓친 건 없는지 내 마음 상태 꼼꼼히 체크해보세요.

자주 하는 말

자주 하는 생각

자주 하는 행동

자주 하는 SNS

자주 입는 옷

자주 사는 물건

자주 가는 장소

자주 만나는 사람

자주 보는 프로그램

요즘 기분

요즘 고민

요즘 빠진 것

요즘 건강 상태

요즘 기상 시간

요즘 취침 시간

요즘 듣는 노래

요즘 신경쓰는 일

요즘 가장 하고 싶은 것

준비물 잘 챙기셨나요?
출발 전 놓친 건 없는지 내 마음 상태 꼼꼼히 체크해보세요.

현재 휴대전화 배경화면

현재 SNS 프로필 사진

현재 메신저 상태메시지

현재 주변에 있는 물건

가장 최근에 연락한 사람

가장 최근에 찍은 사진

가장 최근에 쓴 어플리케이션

오늘 일어나서 가장 먼저 한 일

오늘 먹은 음식 메뉴

지금 생각나는 사람

지금 생각나는 단어

지금 생각나는 장면

지금 생각나는 노래

지금 생각나는 영화

지금 생각나는 구절

지금 생각나는 그림

지금 생각나는 음식

지금 생각나는 순간

"하나가 빠지면 서운하지 않을까?
하나가 더해지면 과하지 않을까?
아무 말도 입 밖으로 내뱉을 수 없던 날"

메멘토 모리 Memento Mori

'메멘토 모리'는 '자신의 죽음을 기억하라'라는 뜻을 가진 라틴어예요. 이 단어를 어느 책에서 보고 오랫동안 메모장에 저장하고 다녔죠. 사람이 태어나는 때는 짐작하여 알 수 있지만 죽는 때는 알 수 없잖아요. 하지만 우리는 마치 영원히 살 것처럼 행동해요. 나는 내가 갑자기 죽더라도 부끄러움과 후회가 없을까? 이 단어를 보며 오래 생각했습니다.

성실히 그리고 열심히 살아도 하루를 마감하고 침대에 누우면 언제나 아쉬운 마음이 많이 남아요. 어떻게 살아야 하는지 정답을 알고 있는데 행동으로 옮기지 못한 후회가 대부분이었죠. 나이를 먹으며 모험심과 풍부한 상상력, 타오르던 열정, 굳은 의지, 두려움을 물리치는 용기는 사라지고 안이함을 따르고 싶은 마음이 늘더라고요. 그래서 이 단어를 한동안 제 SNS 상태메시지로 걸어두고 매일 상기했죠. 그리고 죽음을 기억하며 어떻게 살고 싶은지 정리해봤습니다.

우선 세상의 모든 크고 작은 경이로움에 감탄하고 찬사를 보내는 어린아이 같은 순수함을 가지고 살고 싶었어요. 미지에 대한 탐구심을 잃지 않고, 작은 것에도 흥미와 환희를 발견하고 싶었고요. 희망, 기쁨, 용기, 아름다움 같은 선한 영감을 신에게로부터 끊임없이 전달받고 신이 보내는 사인을 빨리 알아차리고 싶은 욕심도 생겼습니다.

작은 풍경, 작은 것들에 감탄하고 감사하며 만족함을 가지고 살 수 있기를, 서툴더라도 만나는 사람들에게 사랑이 담긴 격려와 용기, 사랑을 담은 진심을 전하며 살기를, 서로의 희망찬 이야기로 매순간 사랑을 속삭이기를, 언젠가 소나기처럼 다가올 그날을 기억하고 매일을 소중하게 아끼며 용기 있고 정의로운 선택으로 훈훈한 가슴 안고 살기를. 무엇보다 1분 1초라도 더 뜨겁게 사랑하며 살기를...

선택의 갈림길 앞에 섰을 때 내가 지금 살고 있는 지금이 인생의 마지막 순간이라 생각하며 살기로 다짐해봅니다. 또 다시 불쑥 안이함과 나태함을 그리워하는 마음이 찾아올지라도 '메멘토 모리'를 되새기며 한 발 더 달려갈 거라고요.

"나를 사랑하는 일에 인색하지 않기로 했습니다.

　아름다운 추억이 될 시간들이니까요."

듣고 싶은 말

집으로 가는 길이었어요. 터벅터벅 발걸음이 가볍지 않았죠. 누군가에게 조언을 구하고 싶어 발걸음을 돌려 한 선배를 찾아갔습니다. 그는 제게 '하면 된다'와 같은 어설픈 답변과 함께 응원과 기도를 하겠다고 하더라고요. 차라리 그 시간에 잠을 잘걸. 시간 버리고 차비 버리며 괜히 갔다는 속상한 마음이 들었죠.

그날은 하루하루 어떤 힘으로 삶을 버텨내고 있는지 모르겠고, 매일 어떤 마음으로 삶이라는 항해를 건너고 있는지 가늠이 되지 않았어요. 저를 자극하던 동력은 다 사라진 것 같고, 붙잡고 싶은 것도 아무것도 없었죠. 무기력함이 온 마음과 생각을 휘저어버린 거예요.

사실 그럴 땐 무언가 대단한 조언보다 이런 말을 듣고 싶었는지도 모르겠어요.

"집에 가서 시원한 맥주 한 잔 마시고 자라. 치킨도 한 마리 시켜서 혼자 다 먹어. 배부르게 먹고 그냥 푹 자면 다 해결될 거야. 그리고 내일 하루 다시 씩씩하게 살면 돼."

마음이 마음에게

마감이 얼마 남지 않은 날이었어요. 그날도 어김없이 책상 앞에 앉아 글을 쓰고 있었죠. 쉽게 마음이 잡히지 않았어요. 더 좋은 시퀀스를 위한 노력은 애처로울 정도였죠. 다 그만두고 싶은 유혹에 지지 않으려고 고개를 세차게 흔들어보기도 했습니다. '너는 안 돼' 하는 악마의 속삭임이 들리는 듯했죠. 커피잔 속에 든 얼음을 와그작 와그작 씹으며 다시 결의를 다집니다. 사람들을 매혹시키는 글을 쓰고 싶었어요. 그 이야기로 누군가를 행복하게 해주고 싶다는 꿈을 이루고 싶었고요. 글 잘 쓰는 작가들을 부러워하기도 했지요.

그럼에도 스토리는 풀리지 않고, 주인공의 한 줄 대사를 수없이 바꾸어가며 머리를 쥐어뜯는 중이었어요. 손에 잡힐 듯 잡히지 않는 대사들이 스쳐 지나갔죠. 단어 하나 때문에 머리가 지끈지끈 아파오기 시작했고요. 그런데 제가, 스토리와는 전혀 상관없이 "힘내자"라고 타이핑을 하고 있더라고요. 제 손이 마음에게 해주고 싶었던 말이었을까요?

저는 이 순간이 영원하지 않을 거라는 걸 알고 있어요. 곧 지나갈 거라는 것도요. 훗날 '그 시간들이 아름다웠노라' 이야기하게 되겠죠. 저는 다시 온 힘을 다해 지나가보자고 스스로에게 응원을 불어 넣었어요.

나를 응원하는 일은 돈 드는 것도 아닌데 참 어렵죠. 대단한 말도 아닌데 입 밖으로 내뱉기는 더 어렵고요. 머쓱하기도 하고 좀 이상해 보이기도 하죠. 그러니 참다못한 손가락이 마음속에 있던 말을 불쑥 타이핑한 게 아니었을까요.

나를 사랑하는 일에 인색하지 않기로 했습니다. 아름다운 추억이 될 시간들이니까요. 나의 감정이 무엇이든 오롯이 표현해보고요. 조금 못난 모습이라도 지금 이 순간들을 사진으로 남기면서 말이지요. 마음에 햇살이 비춰야 삶의 자국들이 예쁘게 마르지 않을까요.

Love of my life

기억의 사진관에 도착했어요.
내 인생의 소중한 추억인 사진들을 붙여보세요.

+

+

date

date

+

+

date

date

Love of my life

기억의 사진관에 도착했어요.
내 인생의 소중한 추억인 사진들을 붙여보세요.

+

+

date　　　.　　　.　　　.

date　　　.　　　.　　　.

+

+

date　　　.　　　.　　　.

date　　　.　　　.　　　.

Love of my life

기억의 사진관에 도착했어요.
내 인생의 소중한 추억인 사진들을 붙여보세요.

$+$

$+$

date   .   .   .

date   .   .   .

$+$

$+$

date   .   .   .

date   .   .   .

Love of my life

기억의 사진관에 도착했어요.
내 인생의 소중한 추억인 사진들을 붙여보세요.

$+$

$+$

date   .   .   .

date   .   .   .

$+$

$+$

date   .   .   .

date   .   .   .

무언가 대단한 조언보다

이런 말을 듣고 싶었는지도 모르겠어요.

눈물은 별이 될 거야

공원으로 산책을 나갔어요. 다섯 살 정도 되어 보이는 여자아이가 벤치에 앉아 있었죠. 어느 정도 걷다 지친 저는 약간의 거리를 두고 그 아이 옆에 앉았습니다. 그런데 갑자기 꼬마가 "으앙" 하고 울음을 터트리는 거예요. 마치 제가 괴롭히기라도 한 것처럼 모두의 시선이 저에게 쏠렸죠. 그래서 저도 따라 울어버렸습니다. 툭 하면 터질 것만 같던 감정을 숨기고 사는 것이 버겁고 힘든 날이었는데, 울고 싶을 때 울어버리는 아이를 보자 용기가 생겼던 것 같아요.

공원에 있던 사람들은 저희 둘을 번갈아 쳐다보았습니다. 엄마와 딸일까? 이모와 조카일까? 둘이 모르는 사이는 아니겠지 등등 여러 추측의 눈초리들이 이리저리 돌아다녔지요. 그런 사람들의 눈초리를 신경 쓰지 않고 한참을 공원에 주저앉아 엉엉 울었습니다. 평소에도 눈물이 워낙 많아 한 번 터지면 잘 참지 못하기 때문이기도 했지요. 마치 폭포가 쏟아져 내리는 것처럼 터져버린 감정을 다시 주워 담기는 어려웠습니다. 진짜 제 슬픔의 이유가 무엇인지 명확하지 않았지만 이미 넘쳐버린 것들을 추스르는 데에는 시간이 필요했어요.

더 이상 눈물이 나오지 않을 때까지 엉엉 소리 내어 울다가 누가 먼저랄 것 없이 아이도 저도 눈물을 멈추었어요. 아이는 누군가를 발견하자 얼른 일어나 쪼르르 따라가버렸지요. 같이 울어준 동지에게 인사도 건네지 않고 말이에요. 저도 아무 일 없었다는 듯 자리에서 일어나 엉덩이를 손으로 툭툭 털어내고 다시 가던 길로 나섰습니다.

누군가 저에게 지금 끌어안고 있는 상처와 눈물이 훗날 저를 반짝이게 할 별이 될 거라고 했던 말이 생각이 났어요. 그 말을 들었을 땐 전혀 와 닿지 않았는데 한바탕 눈물을 쏟고 나니 마음에 와닿더라고요.

때론 어린아이처럼 감정을 표현하고 쏟아내는 일은 참 중요해요. 다시 조금 나아진 다음으로 가게 하니까요. 가던 길을 마저 가며 저를 위로했어요. 지친 나의 몸과 마음을 쓰다듬으며 참 애썼다고, 가파른 순간들을 잘 넘겨주어 고맙다고 말이죠.

Q&A to me

인생에서 잊지 못할 한 마디가 있나요?

인생의 여행길에서 무수히 만나는 나쁜 기억들.
지우개가 있다면, 어떤 기억을 지우겠어요?

세상에서 가장 뜨거운 선물

빛이 밝으면 그림자도 짙은 법이지요. 보이는 것이 전부가 아니라는 이야기일 거예요. 사람도 마찬가지인 것 같아요. 오랫동안 쪽방촌과 노숙자들을 돕는 일을 하며, 탈북 청년들의 자립을 도와온 그분의 이야기를 해볼까 해요. 그분은 지금도 어려운 사람들을 도우며 살고 계세요. 여기까지만 보면 참 밝은 빛을 지닌 분이에요. 그런데 하나밖에 없는 딸이 극심한 우울증에 시달리고 있어요. 평생 쪽방촌 사람들을 도와온 아버지 역시 오랜 투병 생활로 언제 쓰러질지 몰라 항상 노심초사하며 지내고 있습니다. 그런데도 이분은 뭐가 그렇게 좋은지 항상 웃고 다녀요. 자신보다 남을 먼저 걱정하고 도와주려 하고요.

이번 크리스마스는 코로나19로 사람들과의 만남도 어려워져 밋밋하게 보내던 중이었어요. 집에 올 사람이 없는데 문 앞에 작은 종이가방이 걸려 있더라고요. 열어보니 그분이 만나지 못하는 지인들을 위해 집집마다 돌아다니며 직접 준비한 선물과 편지를 놓고 가신 거예요.

그는 내면의 소음에서 벗어나 다른 사람을 행복하게 하는 일에 온 마음을 쏟기로 결정한 사람 같았어요. 그것이 마치 자신이 가야 할 길이라는 듯 행동으로 보여주었죠. 무거운 삶의 짐을 어깨에 지고 하루하루 버티기도 힘거울 텐데, 그것쯤은 아무것도 아니라는 듯 사랑을 표현했습니다. 그분의 사정을 알기에 이 선물은 더욱 뜨거웠습니다. 선물 하나에 가슴이 뭉클하고 뜨거워지더니 이내 속수무책으로 눈물이 흘러내렸지 뭐예요.

선물을 받고 생각했어요. 그분의 말동무가 되고 싶다고요. 삶에서 마주하는 좌절과 아픔, 상처 속에서 편안하게 이야기할 수 있는 사람으로 생각나는 누군가가 저였으면 좋겠다고 말이지요. 그에게도 따뜻한 울타리가 필요할 테니까요.

그분을 통해 사랑이란 거리를 유지하고 멀리서 지켜보는 것이 아니라, 먼저 다가가 안부를 묻고 관심을 보이고 쓰다듬고 손 내미는 일이라는 걸 알았어요. 누군가의 행복과 기쁨을 위해 사는 사람은 그림자도 감당하지 못할 만큼의 밝은 빛을 품고 있다는 것도요.

인생의 길에서 받은 최고의 선물들은 무엇인가요?

가장 최근에 받은 선물

가장 최근에 준 선물

가장 기억에 남는 선물

가장 받고 싶은 선물

청춘의 특권

살다보면 하는 일이 잘되지 않을지도 몰라요. 막다른 곳으로 전력질주를 하다가 급브레이크에 걸려 넘어질 수도 있고요. 쥐구멍에라도 숨고 싶어 어느 구석에 쪼그려 앉아 있을지도 모르겠네요. 하지만 무언가에 전심을 다한다는 것만으로도 삶은 참 멋진 일이에요. 도전하지 않는 것보다 도전하는 것 자체가 아름다운 이유겠지요.

현재 나의 삶을 이루는 건 내가 매일 쌓아가는 한 시간, 반나절, 하루, 일주일이 눈덩이처럼 불어나 흘러온 시간늘이에요. 나이가 들어가며 조금씩 현실에 맞추어 포기하고 타협하는 것들은 더 늘어나기 마련이고요. 그럼에도 온 마음을 쏟을 만한 가치 있는 일을 발견했을 때 또 다시 전력질주할 수 있다면 청춘의 패기가 있는 것 아닐까요? 언제든지 그 패기를 꺼내 나를 불태울 수 있다면 말이에요.

우리 현실 앞에 좌절하고 무너지는 수많은 순간 속에서도 다시 한 번 중심을 잡고 일어나 봐요. '청춘'은 나이가 아니에요. 언제든 나의 신념에 부합하여 가치 있는 일을 만나 덤빌 수 있다면, 이것으로 청춘을 결정하는 것 아닐까요? 청춘의 특권, 몸이 아니라 마음에서 오는 거잖아요.

차를 세워버릴까?

고속도로를 운전하다가 갑자기 '차를 세워버릴까?' 하고
순간적인 충동이 일어났어요. 그날따라 지치고 피곤했
거든요. 고속도로 한가운데서 차를 세울 수도 없고, 차
를 세우면 목적지에 도착할 수도 없으니 어서 휴게소로
들어가자고 스스로를 달랬습니다.

휴게소에 들어가 스트레칭도 하고 시원한 커피도 한 잔
마시며 몰려오는 졸음과 피곤함을 떨치려 애를 써보았
죠. 곧 컨디션이 회복되어 다시 시동을 걸었습니다.

다시 운전하며 생각했어요. 어떤 일을 하든 삶에는 크고
작은 목적이 있습니다. 그런데 목적지를 향해 단번에 도
달하고 쟁취하느라 정작 나를 돌보지 못하는 것이 아닌
가 싶더라고요. 저는 그 목적지를 향해 가는 길에서 딴
짓도 해보고 다른 곳도 잠시 들르며 차근차근 가고 싶어
요. 그 과정 속에서 나를 살피며 함께 가는 사람들과 성
장하고 최선을 다하는 것이 더 중요하게 느껴졌고요.

앞만 보고 달리면 목적지에 빨리 갈 수는 있겠지만 외롭
고 쓸쓸하고 재미는 없을 거예요. 갈림길마다 쉬어가며
간식도 먹고 서로의 마음도 나누어보는 거죠. 천천히 정
해놓은 목적지에 도달한다면 성장한 나를 발견할 수 있
다는 믿음으로 말이죠.

Q&A to me

길을 가다 멈추고 싶을 때가 있어요.
나만의 스트레스 해소법은 무엇인가요?

저는 여전히 아직도 순수함을 찾는 중입니다.
아마 평생 숙제처럼 순수함을 찾아다닐지도 모르겠어요.

순수함을 찾아서

한동안 '순수함'이라는 것을 찾아보겠다고 나섰던 때가 있었어요. 책과 영화, 미술전시, 여러 작품을 수없이 뒤졌죠. 한참을 찾다보니 순수함에는 논리가 작용하지 않는다는 걸 알게 되었어요. '순수함'이란 상대적이기 때문에 주관적인 감정으로 판단하는 경우가 많았고, 주관이 얼마나 많이 관여하느냐도 사람마다 다르기 때문에 추정할 수 없었습니다. 이것만큼 추상적인 것도 없던 거죠. 그것을 알고 나니 눈에 보이지 않는 것을 구상화하고 싶던 제 욕구도 천천히 사그라들었습니다.

하지만 추상적이던 그 '순수함'을 제 나름대로 정의 내릴 수는 있었어요. 누군가에게 적대감을 느끼지 않고 온전히 한 사람으로 받아들이는 것, 작은 일에도 어린아이처럼 기쁘고 행복해하는 것, 분노와 미움과 짜증이 없는 마음을 가지는 것, 어느 곳에서든 평화와 용서가 일어나기를 꿈꾸는 것, 누구라도 마음 열고 사랑하는 일을 마음에 품고 사는 것. 그것을 품고 사는 사람이라면 '순수한 사람'이라 말할 수 있겠더라고요.

저는 여전히 아직도 순수함을 찾는 중입니다. 사람에 대한 순수함, 꿈에 대한 순수함, 신 앞에서의 순수함을요. 아마 평생 숙제처럼 순수함을 찾아다닐지도 모르겠어요.

My Book Log

감명 깊게 읽은 책을 기록하는 일은 인생의 나침반이 되어줄 거예요.

title

genre   author / translator

publisher   publishing date

term of reading   –

date   my rating   ☆ ☆ ☆ ☆ ☆

reading note

밑줄 친 내용(페이지)

My Book Log

감명 깊게 읽은 책을 기록하는 일은 인생의 나침반이 되어줄 거예요.

title

genre   author / translator

publisher   publishing date

term of reading   –

date   my rating   ☆   ☆   ☆   ☆   ☆

reading note

밑줄 친 내용(페이지)

My Book Log

감명 깊게 읽은 책을 기록하는 일은 인생의 나침반이 되어줄 거예요.

title

genre   author / translator

publisher   publishing date

term of reading   –

date   my rating   ☆ ☆ ☆ ☆ ☆

reading note

밑줄 친 내용(페이지)

My Book Log

감명 깊게 읽은 책을 기록하는 일은 인생의 나침반이 되어줄 거예요.

title

genre   author / translator

publisher   publishing date

term of reading   –

date   my rating   ☆ ☆ ☆ ☆ ☆

reading note

밑줄 친 내용(페이지)

"지나고 보면 이유조차 애매해서

따지기도 어설픈 일인데

그때는 왜 그렇게

얼굴을 붉히고 거리를 뒀는지."

서먹했던 그에게서 온 문자

예전엔 자주 연락하고 만난 사이였는데 별 이유 없이 멀어진
사람 이야기를 해보려 해요. 오늘 갑자기 그에게서 문자 메시
지 한 통을 받았거든요.

그는 자연스럽게 안부를 물어오더라고요. 메시지 안에는 참
따뜻한 언어들이 담겨 있었어요. 여러 번 고민한 흔적이 여기
저기 묻어났죠. 그는 명절을 핑계로 작정하고 저와의 어색함
을 허물어트리기로 결정한 것 같았어요. 그의 메시지가 냉랭
한 제 마음속으로 '훅' 하고 들어온거죠. 마치 아무 일도 없었
던 것처럼 말이에요.

저는 메시지를 받고 서운한 마음보다 오히려 반갑고 고마운
마음이 들더라고요. 나보다 나이도 많은 그가 먼저 이 어색한
흐름을 깨기 쉽지 않았을 텐데 용기를 내준 거잖아요. 그리고
미안함과 후회가 가득 밀려왔지요. 이유야 어찌되었건 내가
충분히 먼저 인사를 건넬 수 있었는데도 저는 어떻게든 되겠
지 하며 관계를 외면하고 있었거든요.

그에게 메시지를 받은 후로 그와 저는 전보다 더 편한 관계가
될 수 있었어요. 이전에 일들은 별거 아닌 일이 되어버린 거
죠. 지나고 보면 이유조차 애매해서 따지기도 어설픈 일인데
그때는 왜 그렇게 얼굴 붉히고 거리를 뒀는지 참... 어떻게든
나를 보호하겠다며 뾰족한 가시를 세웠던 것 같아요.

메시지를 주고받은 후 휴대전화의 제 연락처를 하나씩 들여
다봤어요. 지금까지 외면하고 있던 관계들과 응어리를 훌훌
벗어 던져버리고 싶었거든요. 명절을 핑계 삼아 슬그머니 안
부 인사를 하는 것처럼 마음속에 미안함과 서먹함을 담아둔
누군가에게, 껄적지근하지만 매듭을 풀어버리고 싶은 누군
가에게, 나의 소중한 응원자이자 친구였던 사람들에게 자연
스럽게 메시지를 써내려가기 시작했어요. 명절을 핑계 삼아
우리의 거리도 딱 한 뼘만 더 좁아지면 좋겠다고 생각하면서
말이지요.

갑자기 이유도 없이 서먹해진 사람 한 명쯤 있지 않았나요?

소나기

거세게 소나기가 내리면 앞이 하나도 보이질 않잖아요. 오직 비를 피할 생각뿐이지요. 우산이라도 없으면 얼굴에 흘러내리는 빗물은 아무리 닦아봐야 소용없어요. 그렇게 온몸을 흠뻑 적시고 더 이상 뭘 힘도 없어 비에게 항복하려는 순간, 얄밉게도 소나기가 그치더라고요.

오늘은 저도 거센 빗줄기 앞에서 주변을 돌아보기는커녕 내 몸 하나 지키기 위해 버둥거리고 있었네요. 그곳에도 비가 오나요? 혹시 소나기를 맞고 있진 않겠지요? 혹여나 거센 비를 맞고 서 있다면 피하려고 애쓰지 마세요. 제가 오늘 흠뻑 맞아보니 비는 내릴 만큼 내리면 멈추더라고요.

날카로운 곳에 베어 아물어지지 않을 것 같은 상처나, 참을 수 없을 정도로 울음이 쏟아진다면, 그건 피할 수 없는 비라고 생각해요. 그 비도 내릴 만큼 내리면 멈출 거예요. 쓰린 마음도 잔잔해질 거고요. 그러고 나면 한 뼘 더 단단해지겠지요?

"그곳에도 비가 오나요?

그 비도 내릴 만큼 내리면 멈출 거예요.

쓰린 마음도 잔잔해질 거고요.

그러고 나면 한 뼘 더 단단해지겠지요?"

내비게이션

문득 내가 서 있는 곳이 광야처럼 넓고 쓸쓸할 때가 있어요. 끝이 보이지 않는 광야에 홀로 서 있는 듯한 외로움이 몰려오는 거죠. 캄캄한 밤에 폭풍우가 몰아치는 것 같았어요. 천둥과 비바람이 내 모든 삶을 사정없이 흔들어대는 것 같았고요. 청춘이라 불리는 시간에 열심히 쌓아 놓은 나름의 공든 탑은 다 무너져내려 허상이 되어버렸죠.

잘 지내다가도 이런 순간이 오면 어디를 향해 가는지, 무엇을 위해 사는지, 무엇을 꿈꾸는지 헤매곤 해요. 차려준 밥상을 떠먹던 때가 그립고, 어디로 가야 하는지 하나하나 지도를 그려주었던 선생님들이 그립기만 하죠.

그러다 문득 제 인생에도 내비게이션이 있으면 좋겠다고 생각했어요. 목적지를 입력하면 어떻게 가야하는지 친절하게 알려주니까요. 중간에 다른 길로 빠져도 다시 경로를 안내해주고, 내비게이션이 알려주는 길만 보고 따라가면 되기에 다른 곳으로 시선을 돌릴 필요도 없지요. 이것처럼 좋은 방법이 없겠다 싶었죠.

그런데 그런 내비게이션도 문제는 생기기 마련이더라고요. 내가 가고싶은 목적지는 내가 정해서 입력해야 하거든요. 결국 우리는 평생 목적지를 설정하고 수정하고 다시 새로운 목적지를 찾는 일을 하며 사는 거구나 싶어요. 설령 내비게이션이 있다 하더라도 그가 알려주는 대로만 살면 재미없잖아요. 자신이 원하는 목적지를 설정하고 원하는 길을 직접 만들어 걷는 것이 진짜 묘미 아닐까요?

Bucket Book List

내 인생의 내비게이션이 될 독서 버킷리스트 10권을 채워보세요

☐
title	
author / translator	/
publisher	publishing date

☐
title	
author / translator	/
publisher	publishing date

☐
title	
author / translator	/
publisher	publishing date

☐
title	
author / translator	/
publisher	publishing date

☐
title	
author / translator	/
publisher	publishing date

☐
title	
author / translator	/
publisher	publishing date

☐
title	
author / translator	/
publisher	publishing date

☐
title	
author / translator	/
publisher	publishing date

☐
title	
author / translator	/
publisher	publishing date

☐
title	
author / translator	/
publisher	publishing date

바람은 지나가는 것

제주로 역사탐방 갔을 때의 일이에요. 마음이 매우 어려웠던 때였어요. 하지만 팀을 인솔하는 역할을 맡고 있어 개인적인 감정을 드러낼 수는 없었죠. 억지로 마음을 억누르고 무탈하게 여정이 잘 끝나기를 바라며 일정을 소화했습니다. 쉴 틈 없이 짜인 스케줄대로 제주의 이곳저곳을 다녔어요. 유난히 바람이 많은 날이었고요.

그날은 오름에 가는 일정이었습니다. 함께 간 사람들에게 자유시간을 주고 저도 그 시간을 누리고 싶어 오름을 가만히 바라보고 서 있었죠. 탁 트인 벌판 위에 혼자 서 있으니 풀리지 않을 것처럼 얽혀 있던 마음 속 실타래가 마치 가위로 다 잘려버린 것처럼 시원해지더라고요. 그날 도 여전히 제주 바람은 세차게 불었고, 저는 그 바람을 오롯이 맞고 있 었죠. 그렇게 채 몇 분이 지나지 않았어요. 어깻죽지가 격하게 흔들리 더니 저도 모르게 참다 못한 눈물이 또르르 흘러내렸죠. 볼을 타고 흐 르던 눈물들은 이내 신발 위로 후두둑 떨어지기 시작했어요.

누구에게나 저마다의 인생 목표가 있고 마음속에 꿈꾸는 낙원 하나쯤 있잖아요? 하지만 그곳을 향해 간다는 건 쉽지 않지요. 때마다 불어오 는 바람과 폭풍, 쓰나미에 맞서느라 정신없이 빠르게 시간은 지나가고 마니까요. 그러다보면 내가 꿈꾸는 낙원조차 잊고 살아가기도 해요. 꿈 꾸는 낙원으로 다가가기 위해 사는데 그걸 잊고 산다면 얼마나 슬픈 일 인가요.

아마 그렇게 현실에 묻혀 살아가는 제 자신이 답답하고 한심해서 마음이 어려웠던가 봐요. 오름을 바라보며 눈물을 쏟아내고 나니까 한결 후련해지던데요.

'바람은 지나가는 것이라 바람이겠구나.'

지금은 거센 비바람과 폭풍이 나를 계속 괴롭힐 것 같지만 결국 스쳐가잖아요. 그러니 아무리 힘들어도 매일 밤 한 번쯤은 낙원을 꿈꾸며 떠올리고 살아야겠다 생각하게 되더라고요. 그런 낭만이라도 있어야 고달픈 삶에 달콤함이라도 생기지 않을까요? 마치 건빵 속에 별사탕처럼 말이에요.

마음의 소음

카페 창가 옆에 앉아 있었어요. 창틈으로 싸늘하고 쓸쓸한 공기가 들어오는데도 부러 이 자리에 앉았죠. 사람들과 어울리지 않고 측은하게 고립되어보겠다는 마음? 창밖을 바라보며 어지러운 마음을 좀 추스르려고 하는데 그럴수록 상실감에 허우적거릴 뿐 나아지질 않더라고요.

주변에서 나누는 사람들의 대화 소리는 듣기 싫은 이명처럼 소음으로 들렸어요. 저는 어쩌면 삶의 고달픔과 허무함을 달려주는 언어를 원했는지도 모르죠. 어쭙잖은 위로로 괜찮아질 것도 아니면서 말이에요.

한자리에 앉아 커피를 연거푸 두 잔이나 마시고 음악을 듣다가 종이에 생각나는 단어들을 끄적여도 보다가 잠시 눈을 감고 쪽 잠을 자기도 했어요. 잠깐 자고 일어나니 정신이 맑아졌죠. 하지만 카페는 여전히 사람들의 대화 소리와 음악 소리로 시끌시끌하고 바뀐 것은 하나도 없었어요.

그런데 이 소음, 혹시 내 마음에서 나는 소리는 아닐까요. 퍼득 정신이 들더라고요. 내 마음의 소리 하나 못 들으면서 덧없이 다른 사람 탓만 하고 있는 건 아닐까. 마음이 시끄러울 때, 조용히 들어갈 동굴을 하나 만들어야겠어요. 괜히 다른 사람들에게 피해주지 않고 온전히 내 마음의 소리에만 집중할 수 있는 곳으로 말이에요.

Check List

오늘 하루 여행길, 나의 마음지수를 체크하세요.
내일 여행의 큰 힘이 됩니다.

date   마음 지수 ☾ ☾ ☽ ○ ○

오늘은 _____ 한 하루였다.

오늘 기분이 _____ 다.

나는 오늘의 내가 _____ 다.

내일 나는 _____

게 살기로 했다.

~~~~~~

date   마음 지수 ☾ ☾ ☽ ○ ○

오늘은 _____ 한 하루였다.

오늘 기분이 _____ 다.

나는 오늘의 내가 _____ 다.

내일 나는 _____

게 살기로 했다.

Check List

오늘 하루 여행길, 나의 마음지수를 체크하세요.
내일 여행의 큰 힘이 됩니다.

date   .   .   .   마음 지수 ☽ ☽ ☽ ○ ○

오늘은 _____ 한 하루였다.

오늘 기분이 _____ 다.

나는 오늘의 내가 _____ 다.

내일 나는 _____

게 살기로 했다.

~~~~~~

date   .   .   .   마음 지수 ☽ ☽ ☽ ○ ○

오늘은 _____ 한 하루였다.

오늘 기분이 _____ 다.

나는 오늘의 내가 _____ 다.

내일 나는 _____

게 살기로 했다.

다시 일어서는 힘

나도 나를 모를 때 있지 않나요? 도대체 뭘 하고 있는 건지, 지금 어디에 서 있는지 헷갈리는 때 말이에요. 제 마음에도 아주 큰 파도가 치고 있었어요. 이제 그만 일어날 때도 됐다고, 어떻게 해야 할지 이미 정답을 알고 있지만 이상하게 겁이 나는 거죠.

현실이 두렵다는 핑계로 잠수를 타버렸죠. 의미 없이 시간은 흘러가고 할 일 없이 멍하니 있었습니다. 하지만 그럴수록 스스로에게 더 화가 나더라고요. 나를 자책하며 매일 밤 걱정만 했어요. 잘못된 것들을 지우개로 하나씩 지울 수 있다면 좋겠다고 생각했죠. 제 마음을 믿지 못했고 거친 세상 앞에 괜히 초연해졌습니다. 마치 위태롭게 발을 내디디며 외줄타기를 하는 것 같았어요. 삶에 위기가 찾아온 거죠.

그런데 침착하게 생각해보니 지나버린 시간은 되돌릴 수 없지만 지금부터 새로운 제 삶의 일기를 써내려갈 수는 있겠다 싶었어요. 저에게는 그 무엇도 잃을 게 없는 두렵지 않은 나이라는 무기가 있고요. 아무 노력이나 대가 없이 이루는 건 없잖아요. 늦었다는 착각 앞에서 좌절할 때, 불확실한 미래 때문에 웅크리게 될 때 완벽하게 이것들을 무시할 힘이 필요했어요. 나를 믿어주고 다독이며 다시 일어날 힘 말이에요.

그래서 다시 일어나보기로 했어요. 하지만 그 길이 쉽지 않을 거라는 건 알아요. 생채기 속에 소금을 뿌려놓은 듯 아플지도 몰라요. 또다시 실패가 나를 괴롭혀 주저앉을지도 모르죠. 장애물이 많아도 용기라는 힘으로 높은 벽을 힘겹게 넘어서야겠죠.

다시 한 번 도전해보기로 했어요. 거칠고 어둡던 나의 깊은 동굴 속에서 한 줄기 빛을 따라 시작된 지구 여행이니까요. 잘하고 있는지, 어디로 가는지 헷갈릴 수 있지만 아무렇지 않게 크게 웃으며 담담히 걸어가보려고요. 내 안에 상처만큼, 아팠던 만큼 더 단단해진 사람이 되어 후회 없이 살아갈 날을 꿈꾸니까요.

그의 마음정원에는

추운 겨울날이었어요. 종종걸음치며 집으로 가던 길에 오토바이를 세우고 서 있는 배달대행업체 아저씨를 보았죠. 아저씨는 벨소리에 급히 휴대전화를 꺼내고 있었습니다. 두꺼운 장갑을 벗자 빨갛게 언 손이 보였어요. 장갑이 무색할 정도로 차갑게 굳어버린 거죠.

"응, 아빠야."

순간, 제 귀를 의심했어요. 세상에서 가장 상냥하고 부드러운 목소리가 들렸거든요. 저는 이런 순간엔 꼭 잠복근무 형사가 된 것처럼 조심히 주위를 서성거려요. 어떤 상황이 전개될지 놓치고 싶지 않거든요.

내용을 들어보니 집에 있는 아이가 아빠가 보고 싶어 전화를 걸었더라고요. 아저씨는 한참 웃으며 세상에서 가장 행복한 목소리로 통화를 이어갔어요.

"얼른 일 끝내고 호떡이랑 오뎅 사갈게. 사랑해."

갑자기 아저씨가 전혀 다르게 보였어요. 처음엔 가족을 위해, 추운 날 고군분투하며 힘들게 일하는 가장의 무거운 어깨를 생각했거든요. 하지만 아니었어요. 제가 본 건 가족에게 사랑을 주기 위해 열심히 뛰어다니는 신나고 가벼운 어깨였습니다.

아저씨의 마음정원에는 벌써 봄이 왔습니다. 정원 가득 만개한 꽃이 제 눈에 보이는 걸 보니 말이에요.

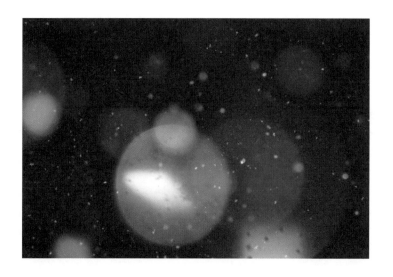

식사하셨어요?

바쁘게 미팅을 가던 날이었어요. 문득 할머니 한 분이 제 눈에 들어왔습니다. 할머니는 음식물 쓰레기통을 몇 번 뒤적거리더니 이내 털썩 주저앉았습니다. 혹시 배가 고픈 건 아닐까 생각이 들었어요. 그 찰나에 참 여러 생각이 떠올랐지요. 지갑을 열어보니 현금 3만 원이 있었어요. 이유를 알 수 없는 조심스러움과 떨림이 저를 휘감았지만, 천천히 할머니 곁으로 다가갔습니다.

"할머니, 식사하셨어요? 이걸로 따뜻한 식사라도 하셔요."

기어들어가는 목소리로 말하며, 왠지 모를 창피함이 느껴지는 손을 뻗어 얼른 현금을 쥐어드렸습니다. 할머니는 아무 말을 하지 않다가 푹 숙이던 고개를 들어 저와 눈을 맞추었어요. 할머니의 한쪽 얼굴은 화상을 입은 흉터 자국이 있었습니다. 그리고 손짓을 했어요. 수화였어요. 어릴 적 잠깐 배웠던 기억이 있어, 저는 그 손짓이 '감사합니다'라는 의미인 것을 단번에 알 수 있었죠. 저도 수화로 '감사하다'고 답했습니다.

그렇게 할머니를 놓아두고 급히 가던 길을 재촉했어요. 그날 미팅을 마치고 집으로 돌아오는 길에, 낮에 할머니에게 돈을 쥐어드린 일이 떠올랐어요. 나는 왜 창피하게 느꼈던 걸까 생각하기 시작했죠. 얄팍하게 잠깐의 도움을 주면서 할머니보다 내가 조금 더 나은 사람이라는 우월감을 가지고 있었던 건 아니었을까? 진심으로 아픔과 고통을 공감하고 달래주는 것이 아니라, 내 마음이 잠시 편하고자 선택한 행동이 아니었을까 생각했죠. 유난히 하얗던 제 손이 더 부끄러워지는 날이었습니다.

사람은 배우고 인지하고 있는 만큼 습관처럼 행동한다고 하지요. 아마 저 역시 어려운 사람은 도와줘야 한다는 막연한 생각으로 그랬을 거예요. 그날 밤 많이 후회했어요. 할머니를 모시고 주변 식당에 들어가 음식을 주문해주고 손이라도 한 번 잡아드리고 돌아섰을 수도 있었을 텐데 뭐가 그리 바쁘고 조급했었는지 모르겠더라고요.

그날 밤, 기도했습니다. 앞으로도 많은 날을 살아가며 이러한 상황들을 마주할 텐데 그때는 머리로 행동하지 않게 해달라고요. 그들의 아픔과 슬픔과 고통을 함께 느끼고 낮은 자리에서 뜨거운 가슴으로 만나게 해달라고요. 부끄러움에 벌겋게 달아오른 제 뜨거운 낯은 한참이 지난 후에야 사그러들었습니다.

나중에

드라마 <사이코지만 괜찮아>에서 본 이야기인데요. 극 중에서 남자주인공의 형은 발달장애 3급의 고기능 자폐를 앓고 있었어요. 하지만 형은 놀라운 암기력과 훌륭한 그림 실력을 갖추고 있었죠. 호불호도 확실해서 거짓말을 못하는 솔직한 캐릭터였어요.

형은 사람들이 입 밖으로 차마 내뱉지 못하고 속으로만 생각하는 말들을 그대로 질러버릴 때가 있어요. 그것도 정말 아무 감정 없이 툭 뱉으며 정곡을 찌르죠. 그런 대사를 들을 때마다 저는 얼음 가득 담긴 사이다를 마신 것처럼 묵은 체증이 확 내려가더라고요.

한 번은 형이 동생에게 일을 재촉하는 장면에서였어요. 동생은 형을 진정시키며 나중에 해도 되니까 나중에 하자고 해요. 형은 그런 동생에게 이렇게 대답하지요.

"나중에, 나중에는 죽기 전에 언젠가?"

순간, 뒤통수를 큰 망치로 세게 맞은 느낌이었어요. 저도 나중에라는 말로 정말 중요한 것들을 기약 없이 미루고 있지 않나 생각하게 되더라고요.

누구에게나 마음속에 아름답게 피워내고 싶은 소중한 씨앗 하나씩 가지고 있지 않나요? '나중에'라는 말로 미루기만 한다면 진짜 그 일을 할 수 있게 되었을 때 정작 못하게 되는 상황이 올지 몰라요. 현재를 뒤흔들 만큼 마음에 박히는 무언가가 있다면 지금 시작해야죠. 저에게 남은 나중이 얼마큼인지 우린 알 수 없으니까요.

여행길에서 우리는 언제나 갈림길과 마주칩니다.
더 이상 미루지 마세요. 지금 이 순간, 어떤 길을 선택해야 할까요?
ex. 성악설 〈 성선설

사랑 ———◯——— 우정

여름 ———◯——— 겨울

도시 ———◯——— 자연

멜로디 ———◯——— 가사

바다 ———◯——— 산

공포영화 ———◯——— 코미디영화

강아지 ———◯——— 고양이

새드엔딩 ———◯——— 해피엔딩

좋은 소식 먼저 ———◯——— 나쁜 소식 먼저

구두 ———◯——— 운동화

빨간색 ———◯——— 파란색

픽션 ———◯——— 논픽션

그릇의 크기

저는 지금 마감을 하기 위해 산 속 고즈넉한 절에 와 있어요. 저는 크리스천이에요. 그런데 왜 절에 왔냐고요? 우선 아침, 점심, 저녁 시간 맞춰 밥을 줍니다. 그 외에 시간에는 무얼 해도 아무도 간섭하지 않아요. 그중 최고는 방문을 열고 몇 걸음만 걸어 나가면 자연을 만날 수 있다는 거죠. 방 안에서는 자연의 소리가 잔잔히 들려 평온합니다. 휴대전화가 잘 터지지 않는다는 것도 한 몫 거들어요.

저는 절에 가면 아침 종소리에 일어나 밥을 먹고 잠시 주변을 산책한 뒤, 나머지 시간에는 하루 종일 글을 쓰거나 책을 읽으며 시간을 보냅니다. 며칠 지나니 스님들이 자꾸 말을 걸더라고요. 다른 분들은 예불도 드리고 템플스테이에도 참여하는데 저는 하루 종일 밥 먹는 시간을 빼고는 방에서 나오지 않으니 무엇을 하는 처자인가 궁금하셨나봐요.

그중 한 스님이 가끔 차를 내어주셔서 대화를 나누곤 했습니다. 교회를 다니는 자매가 스님과 마주앉아 인생 이야기를 나누는 것이 아이러니하기도 하고 재밌기도 했어요. 언제 또 이런 기회가 올까 싶어 자연스럽게 떠오르는 질문들을 드렸죠.

"스님, 사람은 자신이 가진 그릇의 크기가 있다고 하잖아요. 그런데 사람들은 그릇의 크기와 상관없이 언제나 더 큰 사람이 되길 원하고요. 이건 욕심인가요?"

"그 자체가 욕심은 아닙니다. 사람들이 잘 모르는 게 있어요. 큰 사람이 되려면 먼저 그릇을 키워야지요. 그래야 사람도 일도 물질도 들어오는 거예요. 준비되지 않은 사람에게는 절대 기적이 일어나지 않아요."

나긋한 스님의 대답에 고개를 끄덕였죠. 정말 비싼 스포츠카를 선물 받았는데 운전면허증이 없으면 아무 소용이 없는 것처럼 말이죠. 어마어마하게 큰 행운이 내게 선물처럼 다가와도 그 선물을 받을 준비가 되지 않으면 아무 소용없다는 거죠. 저 역시 준비된 것은 없는데 자꾸 큰 선물을 달라고 기도하는 것 같아 마음 한구석이 불편했습니다.

절에 있는 동안 그릇의 크기를 키우기 위해 무엇을 해야 하는지 하나씩 써보았어요. 조용한 곳에서 자연과 어우러져 내면의 소리에 귀를 기울이는 시간이 없었다면 저는 아직도 이뤄질 수 없는 기도만 하고 있을지 모르죠. 저는 오늘 내면의 소리에 집중하기에 더없이 좋은 이곳에서 어떤 그릇을 가진 사람이 될지 곰곰 생각하고 있습니다.

자격 없는 사람들의 선을 넘는 비판

가끔 SNS나 온라인에서 이유 없이 화가 많이 난 사람들과 마주합니다. 누군가 유명해지거나 두각을 나타내면 어떻게 해서든 흠을 찾아 그를 끌어내리려고 하죠. 시기와 질투로 가득 찬 활자들을 사용하며 인권을 훼손하는 댓글을 남기기도 하더라고요.

누구든 사람이기에 실수나 잘못이 없을 수 없어요. 우린 신이 아니니까요. 타인의 삶에 칼날 같은 잣대를 들이대는 사람들에게 묻고 싶어요. 당신의 삶은 지금 어떠하냐고요. 새카맣게 타버린 마음은 오만으로 가득차고, 흐리멍덩한 눈동자로 편견이라는 색안경을 쓰고 있지는 않냐고요.

칼이 되어 휘갈겨지는 댓글과 다른 사람을 향한 조롱과 비판은 누군가를 죽음으로까지 몰고 가기도 해요. 그 칼을 내 가족이 맞을 거라 생각하면 그 글이 조금은 바뀌지 않을까요? 애정이 담긴 글에 험담이 있을 리 없으니까요.

다른 사람의 일거수일투족을 좇으며 살아가는 삶이 얼마나 불행하고 안타까운지 모르겠어요. 그 소중한 시간을 나를 위해 투자하고 사랑하는 가족과 친구들을 위해 쓰면 참 좋을 텐데요. 자격이 없다면 멈춰주세요. 선을 넘는 비판은 모두의 눈살을 찌푸리게 합니다.

"짧은 순간이 모여
하루가 되는 거잖아요.
그렇다면 우리가 지금 숨 쉬고 있는
매 순간이 얼마나 중요해요."

순간

길을 걷다 나무에서 벚꽃이 떨어지는 것을 보았어요. 발아래로는 이미 떨어진 꽃잎들이 가득했죠. 꽃잎들을 사뿐히 즈려 밟고 지나가기가 미안해 잠시 쪼그려 앉았습니다. 저는 찰나의 순간을 다하고 내려앉은 꽃잎들을 열심히 사진으로 남겼습니다. 여러 번에 걸쳐 찍은 사진이 꽃잎들에게 무슨 소용이겠냐만은 이 사진들로 조금 더 사람들에게 오래 기억되기는 하겠죠.

벚꽃은 나무에 활짝 피어 있을 때보다 떨어지는 순간이 더 아름다운 것 같아요. 꽃비가 사람들의 머리 위로, 어깨 위로, 손바닥 위로 내려앉을 때마다 행복을 선물해주니까요. 하나의 생명이 끝나는 그 찰나의 순간에 함께 할 수 있다는 것은 우리에게도 아주 큰 선물입니다.

벚꽃이 흐드러지게 떨어지는 것을 보며 어쩌면 지금 이 순간도 내 인생에서는 가장 빛나는 시간일 텐데 왜 자꾸 주눅 들고 중요하지 않는 것들에 얽매이고 즐기지 못하는지 저를 돌아보게 되었습니다. 저의 하루 중 대부분이 사소하고 불필요한 것들에 많은 에너지를 쏟고 있더라고요. 하지만 정말 필요하고 중요한 것에 더 많은 시간과 마음을 쓰는 것이 저를 행복하게 하는 지름길이라고 결론 내렸죠.

짧은 순간이 모여 하루가 되는 거잖아요. 그렇다면 우리가 지금 숨 쉬고 있는 매 순간이 얼마나 중요해요. 가치 있는 것을 추구하고 연약함을 살펴주는 것, 행복한 것들로 하루를 꽉 채우기만도 우리에게 주어진 시간은 짧습니다. 뒤돌아보지 말아요, 우리. 그 순간은 이미 지나갔어요. 지금 이 순간을 힘껏 사랑하며 즐겨보기로 해요.

누군가를 빛내주는 일

어릴 적 저는 발레를 했어요. 저는 무대 위에서 빛나는 걸 좋아하는 줄 알았죠. 작가라는 직업도 내가 쓴 글이 박수를 받는 일이니까 제가 빛나는 일이잖아요.

하지만 인생이 뜻대로 될 리 없잖아요. 어른이 되자 누군가를 돕거나 빛내는 자리에 많이 있게 되더라고요. 예를 들면, 공연장의 스텝이나 누군가의 보조, 어떤 단체의 간사 같은 여러 자리를 경험하게 되었죠. 이 자리들의 특징은 나의 노력으로 누군가가 빛난다는 거예요. 물론 나의 공로가 사람들에게 보이지 않기 때문에 알아주기를 바라는 마음이 들 때도 있죠.

그런데 참 신기하게도 이 자리에 있을 때, 제가 가장 행복해하고 즐겁고 뿌듯해한다는 걸 느껴요. 심장은 평소보다 10배 정도 더 두근거리는 것 같더라고요. 내가 빛나지 않아도 나로 인해 누군가가 빛날 때, 그 모습을 보는 게 왜 그렇게 좋은지. 이유를 알 수는 없지만 세상의 수많은 스텝들이 아마 이런 마음 아닐까요? 해본 사람들은 모두 공감할 거예요.

내가 어떤 일을 할 때 가장 행복하고 가슴 뛰고 설레는지 알게 되면서, 저는 더 늦기 전에 행복하고 좋아하는 일을 하기로 했지요. 살면서 이처럼 가슴 뛰는 일을 만나는 것도 쉽지 않으니까요.

Love of My Movie

나를 가슴 뛰게 한 '인생 영화'가 있나요?
다시 보고 싶은 영화, 누군가에게 추천하고 싶은 영화를 적어보세요.

movie title   ☆ ☆ ☆ ☆ ☆

comment

movie title   ☆ ☆ ☆ ☆ ☆

comment

movie title   ☆ ☆ ☆ ☆ ☆

comment

movie title   ☆ ☆ ☆ ☆ ☆

comment

movie title   ☆ ☆ ☆ ☆ ☆

comment

movie title   ☆ ☆ ☆ ☆ ☆

comment

movie title   ☆ ☆ ☆ ☆ ☆

comment

movie title   ☆ ☆ ☆ ☆ ☆

comment

movie title   ☆ ☆ ☆ ☆ ☆

comment

movie title   ☆ ☆ ☆ ☆ ☆

comment

벚꽃은 나무에 활짝 피어 있을 때보다
떨어지는 순간이 더 아름다운 것 같아요.

한번도 생각해본 적 없는 것

엄마가 몸이 많이 아픈 날이었어요. 부모는 자식을 보면 힘이 난다는 말이 있잖아요. 그래서 엄마를 뵈러 가야겠다는 생각에 이것저것 챙기던 중이었죠. 가는 김에 어디든 들러 엄마가 좋아하는 음식을 사려고 했는데 도무지 머릿속에 아무 생각도 나지 않는 거예요. 한참을 생각해봐도 떠오르지 않더라고요. 당혹감이 몰려왔습니다.

저와 가까운 사람들이 무얼 좋아하는지, 어떤 음식을 좋아하는지는 눈 감고도 줄줄 외우는데, 정작 알아야 할 엄마의 취향은 하나도 몰랐던 거예요. 지금이라도 알아야겠다는 생각에 엄마에게 전화를 걸려는데 순간 망설여졌어요. 엄마에게 전화가 오면 항상 바쁘다는 핑계로 짜증내거나 건성으로 대답하던 제 모습이 떠올랐거든요. 하지만 이번 기회도 놓치면 후회할 것 같아 휴대전화를 집어들었죠.

"우리 딸, 밥은 먹었니?"

"좋아하는 반찬 해서 보내줄까?"

제 전화를 기다렸다는 듯 안부를 묻는 엄마의 문장은 여전히 따뜻했고, 저는 미안한 마음에 눈물을 흘리고 말았습니다. 엄마의 요리는 언제나 저에게 온기를 선물했고 포근함과 안정감을 주었어요. 그 안도감에 눈물이 터져버렸는지도 모르겠네요.

"갑자기 왜 울어?"

저는 한참을 울다가 용기를 내서 물었죠.

"엄마 좋아하는 음식이 뭐야?"

"그거 물어보려고 전화한 거야? 우리 딸, 철드나 보네."

엄마는 싱겁다는 투로 몇 번 웃더니 엄마가 좋아하는 음식은 해산물요리라고 말해주었죠. 무심하고 무뚝뚝한 딸은 그날 처음 알았습니다. 엄마가 좋아하는 음식이 뭔지 말이지요.

엄마는 제가 지금껏 이 험한 세상을 버티며 살아갈 수 있도록 마음껏 기댔던 큰 산 같은 존재였어요. 늘어가는 주름과 흰머리, 잦아지는 잔병치레를 볼 때마다 그런 엄마를 위해 이제는 제가 크고 작은 기쁨을 선물해야겠다고 마음먹었었죠. 하지만 무슨 핑계가 그렇게 많은지 쉽게 행동으로 옮겨지지는 않더라고요.

이제는 정말 하나씩 해보려고 합니다. 엄마가 좋아하는 음식을 같이 먹는 것, 엄마가 좋아하는 스타일의 옷을 쇼핑하는 것, 엄마와 예쁜 사진을 찍고, 엄마와 단둘이 여행하는 것 등등. 엄마는 세상 그 어떤 선물보다 딸과 함께 시간을 보내고 추억을 만드는 것을 가장 좋아하실 테니까요.

아참! 엄마에게도 여쭤봐야겠네요. 엄마는 저와 무얼 하고 싶냐고요.

이 여행길을 누구와 함께 하고 싶은가요?

_____와 함께 _____ 꼭 먹으러 가고 싶어.

_____와 함께 _____ 꼭 가고 싶어.

_____와 함께 _____ 꼭 해보고 싶어.

_____와 함께 _____ 꼭 _____.

_____와 함께 _____ 꼭 _____.

_____와 함께 _____ 꼭 _____.

_____와 함께 _____ 꼭 _____.

_____와 함께 _____ 꼭 _____.

_____와 함께 _____ 꼭 _____.

_____와 함께 _____ 꼭 _____.

_____와 함께 _____ 꼭 _____.

_____와 함께 _____ 꼭 _____.

_____와 함께 _____ 꼭 _____.

"엄마 좋아하는 음식이 뭐야?"

"그거 물어보려고 전화한 거야? 우리 딸, 철드나 보네."

뜻밖의 위로

오늘은 기분이 좋지 않은 날이에요. 매일 똑같은 생활 패턴에 지치기도 하고, 피구 공 피해다니듯 사람들에게 치이고 사는 기분이었거든요. 쓰고 있는 글은 생각보다 진전이 되지 않아 답답하기도 했어요. 이미 짜증은 오를 만큼 올랐고 몸도 찌뿌둥해서 도저히 작업이 되지 않을 것 같은 날이었어요. 정신을 차리고 보니 제 발걸음은 찜질방으로 향하고 있었죠.

저는 이럴 때 찜질방 한증막에서 숨이 막혀 얼굴이 빨갛게 달아오를 때까지 땀도 흘리고, '찜질방표' 냉커피를 쭈욱 들이켜며 스트레스를 풀거든요. 그런데 참 이상하게도 이날은 땀을 흘리고 커피를 마셔도 쉽게 좋아지지 않더라고요. 오히려 기분이 더 가라앉았어요. 샤워를 마치고 나갈 힘도 없었는데 '세신 가능'이라는 글자가 눈에 들어왔죠. 만사 귀찮은 마음에 세신을 예약하고 뜨거운 탕에 들어가 세신사님을 기다렸습니다.

20분쯤 앉아 있으니 누군가 저에게 오라고 손짓을 하는 거예요. 외모만 보고 전혀 세신사님이 아닐 거라 생각했는데 머리카락이 희끗하게 보이는 할머니는 제가 예약한 세신사님이 맞았어요. 젊은 아주머니일 거라는 예상이 빗나가 당황하던 중에, 저는 이미 베드에 눕고 있었죠. 엄청난 부담감이 밀려왔어요. 아무리 돈을 주고받는다지만 엄마보다 나이 많은 분에게 세신을 받자니 수천 가지 감정이 교차하더라고요. 하지만 할머니의 인자한 웃음에 '홀려' 저는 어느새 몸을 맡기고 있었고, 할머니는 저의 몸을 씻겨주며 이런저런 이야기를 풀어놓았죠.

"열일곱에 처음 명동에서 세신사를 시작했어요. 그때 부모님 돌아가시고 아래로는 동생이 다섯이나 있었지. 내가 하루에 12시간씩 세신사 일하면서 동생들 학비에 생활비까지 다 책임졌지요. 그러다 일본으로 가면 더 많은 돈을 벌 수 있다고 해서, 1초도 망설이지 않고 말도 안 통하는 나라로 가서 세신사 일을 했어요. 그렇게 다섯 동생 대학까지 다 졸업시키고, 시집장가다 보낸 다음에 한국으로 들어온 거예요."

할머니는 나긋나긋 이야기를 들려주었습니다. 할머니께 물었죠.

"그동안 고생하셨는데 왜 아직도 일을 하세요? 이제 그만해도 되지 않나요?"

할머니는 말했어요.

"이 나이에 어떤 일이든 할 수 있다는 게 감사하지요. 내가 아가씨 몸 주무르는 동안 세상 찌든 짜증 다 없어지고 행복하면 얼마나 좋아요. 나도 그 시절 겪어봐서 얼마나 힘든지 다 알아요. 뭘 해도 힘들고 행복하지 않은 날이 더 많았어요. 돈을 벌어도 매일 주머니 사정은 똑같고 쓸 곳은 점점 더 많아지더라고요. 그래도 청춘은 다시 올 수 없잖아요. 청춘은 벼슬이니 크게 한 번 웃고 털어버려요."

어떻게 해도 풀리지 않던 마음이 세신사 할머니의 위로에 사르르 녹아내렸어요. 눈가가 시큰해졌죠.

'나는 지금 누군가에게는 과거였던 시간을, 돌아갈 수 없는 그 청춘을 살고 있구나.'

할머니 이야기가 저에게 '다 괜찮다'며 등을 토닥여주는 듯했지요. 할머니는 울상을 한 청년의 모습이 안쓰러워 그냥 건넨 말인지 모르지만, 저는 그 짧은 대화에서 힘을 얻어 일상으로 돌아올 수 있었거든요.

오늘은 전혀 예상치 못한 데서 예상치 못한 사람에게 위로를 얻었네요. 그러니 어떻게 한 순간도 허투루 살 수 있겠어요? 제가 만나는 누군가에게도 저의 위로가 필요할지 누가 알겠어요?

나는 지금 누군가에게는 과거였던 시간을,
돌아갈 수 없는 그 청춘을 살고 있구나.

밥 한 끼

평소 친한 언니에게 전화가 왔어요. 거의 매일 메시지를 주고
받는 사이라 전화하는 일이 거의 없는데 혹시 무슨 일이 있나
싶어 얼른 받았죠. 저녁에 별다른 일 없으면 밥 먹으러 오라는
부부의 초대였어요. 연말이 다가오고 있지만 제 기분은 이미 뭉
개질 대로 뭉개져 있었고 여기저기서 공격받아 망가진 마음을
추스를 여유도 없었죠.

언니가 차려준 밥상을 보자마자 마음속에 멈춰 있던 오르골이
돌아가기 시작했어요. 행복한 멜로디가 귓가에 울렸습니다. 나
를 생각하며 언니와 형부가 선물을 고르고 손 편지를 쓰고 시간
과 정성을 들여 밥을 차리는 과정을 상상하니 행복의 용량이 초
과할 것 같았죠. 순간, 아무 이유 없이 나를 따뜻하게 받아준 사
람들에게 감사한 마음이 파도처럼 밀려왔습니다. 밥을 한 숟갈
입에 넣을 때마다 그 마음이 너무 따뜻하고 포근해서 빨갛게 붉
어지는 눈시울을 누르느라 적잖이 고생했습니다. 밥이 너무 맛
있었거든요.

집으로 돌아온 후에도 오래도록 마음이 훈훈하고 뜨거웠어요. 어느 곳에도 쉬이 마음을 터놓기 어려운 때에 진심과 정성이 담긴 따뜻한 밥 한 끼가 사람을 힘이 나고 용기나게 하더라고요.

마음의 무늬가 아름다운 사람은 주변을 살피고 마음을 보듬어주는 능력이 있는 것 같아요. 아름다운 정원에 지친 새 한 마리가 쉬었다 갈 수 있는 여유와 여백이 그 사람을 더 빛나게 하는 거죠. 이 부부 덕분에 누군가의 마음을 따뜻하게 하는 일은 대단하고 거대하고 어려운 일이 아님을 배웠습니다. 그 마음이 너무 따뜻해서 나도 누군가에게 꼭 그런 사람이 되어야겠다고 긴 다짐을 했어요.

저는 오늘 무엇으로도 갚을 수 없고, 값으로도 매길 수 없는 평생 잊히지 않을 것 같은 따뜻한 밥 한 끼를 선물 받았습니다.

밥심

몸도 마음도 지치고 힘든 날이었어요. 바쁜 일정에 쫓겨 점심시간이 훌쩍 지났는데 끼니를 챙기지 못해 잠시 작업 실에서 나왔습니다. 입맛도 없고 시간도 아낄 겸 샌드위치 하나와 커피를 들고 다시 작업실로 올라가는 엘리베이터 로 향했어요. 그때, 멀리서 걸어오는 저를 위해 누군가 엘 리베이터 안에서 문의 열림 버튼을 누르고 있었어요.

"감사합니다."

짧은 인사를 건네며 엘리베이터에 탔습니다. 저를 위해 버 튼을 눌러주신 분은 할머니였어요. 할머니는 파마를 하다 가 잠시 나오셨는지 머리를 수건으로 감싸고 계셨습니다.

"아이고, 점심 때가 한참이 지났는데 예쁜 처자가 밥을 먹 어야지, 왜 빵을 먹어."

저는 어르신의 걱정에 괜히 뭉클했고, 찡긋 웃으며 가끔 이러는 거라 괜찮다는 대답을 건넸습니다. 그러자 할머니 는 마치 제가 손녀라도 되는 듯이 타이르셨어요.

"괜찮기는 뭐가 괜찮아. 그러다 나이 들면 몸이 아파. 젊을 때는 든든한 밥심으로 사는 거는 거야. 잘 먹어야 힘들어 도 이겨내고 버티지! 그래서 그깟 돈 얼마나 더 번다고."

할머니는 오랜 연륜에서 얻은 지혜를 손자 같은 저에게 따뜻하게 이야기해주었어요. 어찌 보면 별것 아닌 한 마디인데 삭막하고 지쳐 있던 마음에 햇살이 비추었습니다. 그 한 마디의 위로가 지금의 제 인생을 가만히 안아주는 것 같았어요. 온몸에 잔뜩 힘을 주고 있던 긴장이 스르르 풀리고 말았죠.

작업실에 돌아와 샌드위치와 커피를 책상 위에 올려두고 다시 나갈 채비를 했어요. 아까는 먹힐 것 같지 않던 입맛이 돌아온 것 같았죠. 아무리 바빠도 따뜻한 밥을 먹고 돌아와 일해야겠더라고요. 그래서 어른들은 전화할 때마다 밥 먹었냐는 인사를 건네나봅니다.

한 마디의 위로가 지금의 제 인생을
가만히 안아주는 것 같았어요.

그녀는 해맑은 웃음과 진정성이 담긴 눈빛을 가진 사람이었어요. 깊은 마음 끝까지 훤히 다 들여다보이는 투명함을 가졌죠. 그녀는 솔직했고, 청아한 사람이라는 걸 단번에 느낄 수 있었습니다. 격식이나 체면 차림 없이 있는 그대로의 모습을 보여주는 진솔함이 저는 참 좋았습니다.

그녀에겐 특징이 하나 있었어요. 어떤 이야기를 할 때 기승전결의 구조를 갖추어 매우 디테일하게 설명한다는 것이었습니다. 가끔 이야기가 너무 길어 지루해한 적도 있고, 때론 결론부터 말해주면 좋겠다는 생각을 하기도 했어요. 그런데 한참 생각해보니 아마도 순수한 그녀는 듣는 사람을 배려해 그런 화법을 썼을 거라는 생각이 들었습니다.

혹시나 자신이 이야기하는 내용이 잘 전달되지 않을까봐, 말을 전달하며 생기는 오해가 없었으면 하는 마음에 최대한 디테일하게 이야기했던 거죠. 사람들은 어떤 상황을 이야기할 때 앞뒤 상황을 전부 빼놓고 전달해 와전되는 경우가 많잖아요. 그녀는 그 과오를 범하고 싶지 않았던 거죠. 그녀를 이해한 후부터는 어떤 말을 길게 해도 나를 배려한다는 생각이 들어 더 고맙더라고요. 앞으로 나도 누군가에게 어떤 이야기를 할 때는 듣는 사람의 입장에서 충분히 고려한 뒤에 앞뒤 문맥을 빼놓지 않고 이야기해야겠다고 생각했죠.

사람들을 만나다보면 곰인 척하지만 여우인 경우가 훨씬 많잖아요. 하지만 그녀는 계산적인 여우나 얌체가 아니라 사람 냄새가 나는 사람이었습니다. 한 마디 말에도 진심 어린 배려가 담긴 사람의 마음은 얼마나 티 없이 맑을지 상상하기 어려웠죠. 한 사람과 오래 관계를 맺기에는 조금 투박해도 솔직하고 순수한 사람만큼 편안한 사람이 없습니다. 그녀와 시간을 오래 보낼수록 그녀가 편안하고 좋은 사람임에 틀림없다는 생각이 듭니다. 오늘 밤, 그녀의 삶을 응원해봅니다.

여행 중에 만난 거대한 대나무숲,
이곳에서는 아무리 크게 소리쳐도 아무도 듣지 못할 것 같아요.
아무에게도 말하지 못한 비밀이 있나요? 크게 소리쳐보세요.

단 하나뿐인 선물

매일 밤, 불이 꺼진 오르골을 만지작거리며 겨울잠을 자듯 긴 시간을 보내던 날이었어요. 어둠 속에서 끝이 보이지 않았죠. 제 자신이 미운 오리 새끼 같았고, 큰 바위가 떨궈낸 돌멩이 같았어요. 유난히 남과 똑같은 것을 싫어했기에 쉽게 사람들과 섞이기도 어려웠던 것 같아요.

저는 낯선 외로움을 견디지 못하고 방황 속에 묻혀 있었어요. 선택이라는 수많은 갈림길 앞에서 여전히 갈 곳을 알지 못하고 하루에도 수백 번씩 흔들렸죠. 혼자라는 서글픈 시간을 지나며 숨 막히던 시련을 버텨내던 그 순간, 누군가 제게 손을 내밀었습니다.

그는 이 세상 속에 제가 있다는 사실 단 하나만으로 당신에게는 특별한 선물이라고 했죠. 저라는 존재 자체만으로 이유 없이 웃음을 짓는다고 했습니다. 깊은 어둠 속을 지나는 이 시간도 곧 찰나의 그림자처럼 여겨질 테니 조금만 더 힘을 내보라고 했어요.

혹시나 제가 미로 속에 길을 잃어도 그 길 끝에는 언제나 당신이 서 있을 것이라는 강한 믿음을 주었습니다. 아무리 뜨거운 햇살이 제게 쏟아져도 편안하게 기대어 쉴 수 있는 그늘이 되어주겠다 했습니다.

자신이 할 수 있는 모든 것을 다 걸고 제가 행복하기를 바라는 당신은 바로 부모님이었습니다. 지나고 보니 그 무모한 사랑 때문에, 언제든지 잡을 수 있는 손이 있다는 믿음 때문에 저는 눈물을 털어내고 지친 마음을 달래며 나를 지켜낼 수 있었던 것 같습니다. 나를 세상에서 가장 소중하고 귀한 선물로 여겨주는 부모님이 있었기에 지금의 제가 있습니다.

Travel
to
my
Love

나에게 사랑은 _____이다.

찰나

사랑에 빠지는 건
정말 찰나더라고요

언제 당신에게 빠졌는지
아무리 생각해봐도
알 수가 없는걸 보니

아마 그대를 처음 본
그 순간이 아니었을까요?

사랑해

"사랑해"
별 거 아닌 이 한 마디가
내 하루의 끝을 바꾸더라

감당할 수 없을 만큼의
거대한 행복함 속에
잠이 들게도 하고

먹구름이 잔뜩 낀 하늘이
며칠 동안 계속되는 것 같은
막연한 슬픔 속에
잠이 들게도 하더라고

그래서 나는 너에게
이 한 마디를 들으려고
그렇게 애썼는지도 몰라

너의 고백

가로등 불빛에 비추는 네 눈빛이
하늘에 별 사이로 보이는 네 입술이
긴장한 나를 더 설레게 했었지

햇살에 비친 네 상큼한 미소가
아침을 닮은 네 자연스런 향기가
너를 더 꼭 껴안게 만들고 말았지
빠져나올 수 없게 말이야

나의 고된 하루의 끝에서
너와 모든 이야기를 나누고 싶어졌어
굳이 다른 무엇을 하지 않아도
우리가 함께 한다면
세상 어디에 있어도
난 그 하나로 행복할 것 같아

언제나 내가 더 아껴줄게
이제는 내가 널 지켜줄게
외로운 마음에 홀로 힘들지 않도록
달콤한 눈물조차 나지 않게 해줄게

내가 네 몫까지 아파줄게
평생을 내가 더 사랑할게
시간이 지나도 세월이 흘러도
언제나 한결같이 처음처럼
눈 감는 날까지 함께 할래

영원히 너의 손을 맞잡고
같은 곳을 바라보고 걸으며
감사할게
사랑할게

그루잠*

그거 알아?
너를 만나 시간을 함께 보내다가
카페에 가면 나는 꼭 네 옆에 앉았어
항상 바쁘고 피곤했던 때라
너의 어깨에 살짝 기대어
아주 잠깐의 낮잠을 자는
그 찰나의 시간이 나는 참 좋았거든

처음엔 잠들 때마다 내가 네 손을 먼저 잡았어
넌 가끔 귀찮거나 싫은 티를 낼 때도 있었지만
나는 잠들더라도 함께 있다는 걸 알려주고 싶었거든
혼자 있다고 느끼게 하고 싶지 않았고

그런데 어느 날
이젠 내가 네 손을 먼저 잡고 잠들지 않아도
자연스레 네가 먼저 내 손을 잡아주는 거야
그리고 조심스럽게 나를 쓰다듬어주었지

참 좋더라
그래서 더 네 어깨에 기댔는지도 모르겠어
아주 잠깐이지만 잠이 들 때면
언제나 손을 잡아주는 너 때문에
그게 좋아서

나는 _____한 사람이 좋다.

나는 나와 (비슷한 / 다른) 사람이 좋다.

나는 (말을 걸어주는 / 말을 들어주는) 사람이 좋다.

나는 (성적인 / 동적인) 사람이 좋다.

나는 (이상을 꿈꾸는 / 현실에 집중하는) 사람이 좋다.

나는 (감성적인 / 이성적인) 사람이 좋다.

나는 (즉흥적인 / 계획적인) 사람이 좋다.

나는 (신념이 있는 / 유연한) 사람이 좋다.

나는 (행복 / 슬픔)의 감정을 공유하는 것이 더 좋다.

나는 (챙겨주는 것 / 챙김을 받는 것)이 좋다.

나는 (사랑을 주는 것 / 사랑을 받는 것)이 좋다.

그 여자

왜 날 사랑하는지
자꾸 묻고 싶어요
겁이 많고 두려움이 많은 나는
그대를 놓칠지도 몰라요

그래도 괜찮다면
조금은 서툴고 어색해도
그대를 위해서
천천히 용기를 내볼게요

때론 괜한 의심에 불안해도
그댈 믿어줄게요
혹시 잠시 엇갈린대도
항상 여기 이 자리에 있을게요

언젠가 우리 사랑이
흔들리고 무너져내려 아파오면
이 순간들을 기억할게요
우리가 마주 봤던 그 눈빛을
말하지 않아도 알 수 있었던 그 마음을
어렵게 잡았던 우리 두 손을

그러니 약속해요
많은 밤이 지나고
가끔 내가 헤매일 때에도
지금처럼 항상 옆에 있어줘요

그 남자

겁이 많은 두 눈이
떨리는 그 입술이
난 사랑스럽기만 한걸요
그대 등 뒤로 꼭 숨겨놓은
작은 손을 잡아 주고싶어요

나를 믿어줄래요
너무 두려워하지 말아요
이젠 온 마음을 다해
내가 그대를 지켜줄게요

넘어지고 아플 땐
내가 모두 안아줄게요
눈물 나는 날에도 함께 할게요
힘이 들고 지칠 땐
내가 모두 받아줄게요
지금 모습 이대로 함께 할게요

오직 그대만 위해서
아껴뒀던 마음을 표현할게요
조심스럽게 그대의 입술에
기대어 사랑을 말할게요

빵

우린 아직 정식으로 교제하기 전이었어
서로를 잘 알지도
그렇다고 모르지도 않던 그런 사이

그런데 그날따라 빵이 너무 먹고 싶은 거야
빵은 먹고 싶은데 창피한 마음이 들어
나는 빵을 먹고 싶다고 들릴 듯 말 듯
기어들어 가듯이 말을 했지
그러자 넌 잠시만 기다리라고 했어

어딘가 헐레벌떡 뛰어 갔다 온 너의 얼굴엔
땀방울이 송글송글 맺혀 있었지
너의 손에는 양 손 가득
케이크부터 빵까지 모든 종류의 빵이 들려 있었어
마치 들어간 입구부터 끝까지
빵집을 통째로 털어온 것 같았지
여기부터 저기까지 전부 뭐 이런 거 있잖아
그래도 난 너무 쉽게 감동 받지 말고
너무 쉽게 넘어가지 말자고 다짐했어
너는 수줍은 듯이, 멋쩍은 듯이
활짝 웃으며 빵을 내밀며 말했지
네가 뭘 좋아하는지 아직 몰라서 종류별로 하나씩 다 사봤어

네 말을 듣고는
빵을 사러 가기 전에 물어볼 수도 있었을 텐데
이 사람, 참 순수하구나 했지
그렇게 모든 종류의 빵을 사왔길래
내가 이렇게 많은 걸 어떻게 다 먹어 했더니

"난 네가 이 중에 하나만 먹어도 행복해"라고 말하며
날 보며 활짝 웃어주었어
나는 아까 했던 다짐은 잊은 채
금방 넘어가고 말았지

아마 그때부터 일거야
내가 너에게 푹 빠져버린 건

주인공

작가인 나에게 하루는 그가 말했어요
내 이야기에 자신은 나오지 않았으면 좋겠다고
내가 만든 이야기 속의 주인공이
자신과 비슷하면 너무 이상할 것 같다고

그래서 나는 그냥 한 번 웃고 지나갔죠
사랑에 빠진 작가가 어떻게 다른 사람을
남자주인공의 베이스로 삼을 수 있겠어요
작가의 글도 작가인 것을

내 이야기의 주인공은
늘 그대일 거예요
잊지 말아요
어디든 내 글 속엔
당신의 이야기가 나올 테니

신경안정제

넌 마치 나의 신경안정제 같았어
난 미래를 알 수 없어 매일이 불안했고
열심히 살아도 생각처럼 흘러가지 않는 인생 때문에 초조했고
이런 나를 자꾸만 찌르는 사람들의 시선과 말들 때문에 날카로웠지

그런 나를
너는 한순간에 편안하게 만들어줬어

자주 체해서 밥을 먹지 못하던 내가 밥을 잘 먹기 시작했고
수면제 없이는 잠을 못 자던 내가 약 없이도 잘 자기 시작했어
무슨 일이 생기면 안절부절 못하던 나는
네가 꼭 잡아주는 손의 위로로
자연스럽게 흘러가는 대로 두고 볼 수 있는 유연함도 생겼어

너와 함께면 어디라도 함께 할 수 있을 것 같은 든든함에
평안한 마음이 생겼던 것 같아
너와 함께 있으면 아무것도 생각나지 않거든
어제도 오늘도
너를 마주보고 있는 지금도

사랑할 때 나는 어떤 사람인가요?

첫인상을 중요하게 생각하는가?

YES | NO

헤어짐을 걱정하는가?

YES | NO

질투가 많은 편인가?

YES | NO

적극적으로 표현하는 편인가?

YES | NO

야외 데이트를 즐기는가?

YES | NO

연락을 자주 하는 편인가?

YES | NO

혼자일 때보다 행복한가?

YES | NO

평생 한 사람만 사랑할 수 있는가?

YES | NO

알람

이른 아침
출근 준비를 알리는 알람이 시끄럽게 울리면
아직 이불 속 침대에게 꽉 붙잡힌 나는
탈출의 의지도 없이 알람을 끄기 바쁘지
이대로 포로로 남아도 좋겠다는 생각을 해

이런 나를 구출하는 유일한 단 하나
그건 바로 날 만나러오겠다는 너의 문자야

세상에서 제일 빨리 나를 깨우는 알람
부드럽고 나지막한
너의 목소리

예뻐

너 참 예쁘다
가만히 있어도 예뻐
먹는 모습도 예뻐
화장을 지워도 예뻐
화가 난 표정도 예뻐
그냥 막 예뻐
뭘 해도 예뻐

네가 자꾸 예쁘다고 해줘서
정말 예뻐진 것 같아
너의 말 한 마디가
나를 더 예뻐지고 싶게 해

고마워
너의 마음을 받아
행동도 마음도
더 예쁜 여자 친구가 되어볼게

표현

연인 사이에서
가장 많이 생략하는 게
고맙다는 말, 감사하다는 말이에요

그런데 고맙고 감사한 마음은
아주 여러 번 말해줘도
잘 기억나지 않는 경우가 많아요
보통 해주는 사람은
그걸 바라고 해주는 건 아니거든요

그래도 꼭
더 크게 더 많이 표현해주세요
익숙함이 때론 생소함이 되는 날이 있으니까

사람은 짐작으로 알 수 없잖아요
말하고 표현해야 알 수 있어요
그래야 느낄 수 있어요
그러니 꼭 말해주세요

고맙다고
감사하다고
너 때문에 행복하다고
사랑한다고

_____에게 듣고 싶은 말이 있나요? 여기에 적어보세요.

비가 오는 날

비가 오는 날
한강에 주차하고 따뜻한 아메리카노를 마시며
타닥타닥 비가 내리는 소리를 듣는 일
좁은 차 안에서 너와 함께 같은 음악을 듣는 일
빗방울이 떨어지는 창문을 하염없이 바라보는 일

비가 오는 날
우산 하나를 함께 쓰고
흙냄새가 나는 어느 예쁜 길을
손을 꼭 잡고 함께 걷는 일

비가 오는 날
뜨끈한 국물이 있는 전 집에 앉아
김치부침개와 막걸리를 마시며
살짝 취기 오른 용기로
너에게 사랑한다 고백하는 일

비가 오는 날
네 옆에 내가 없어도
비를 너무 좋아하는 나를 생각해
비가 온다고 연락할 수 있도록
너에게 비와 나를 동일시시키는 일

비가 오는 날
혹시 우리가 헤어졌더라도
나와 다시 만나고 싶다면
비라는 핑계로
연락할 수 있는 여지를 만들어주는 일

비가 오는 날

그곳

나와 함께 갔던 그곳에 너 혼자 다시 갔더라
너는 나와 함께 찍었던 그곳에서
혼자 사진을 찍어
여전히 아름답고 낭만적이라는 글을 SNS에 올렸지
나는 반짝거리던 그 밤 거리가
네가 옆에 있어서 아름답고 낭만적이었어
만약 그때로 다시 돌아간다고 해도
내 옆에 네가 없다면
아무 감흥도 아름다움도 느끼지 못했을 거야

그날, 그곳의 내 기억 속의 주인공은
그 장소도, 풍경도 아닌
바로 너였으니까

특별하지 않은 날

썬루프를 열어

한참 내리는 비를 쳐다보다가

떨어지는 빗줄기가 예뻐서

그 사이로 내리쬐는 빛이 영롱해서

무엇인가에 취한 듯

카메라를 찾아

몽롱하게 셔터를 눌렀다

비가 오는 날

내가 사랑하는 날

음악 그리고 드라이브

감미로운 커피까지

모든 게 적당한 날

더할 나위 없이 좋은 날

당신의 얼굴은 특별하지 않은 날 더 떠오르더라

눈

마음이 둥둥 떠다닌다
봄 햇살보다 더 설레는
3월에 내리는 눈
저 멀리 나를 향해 걸어오는
너라는 눈

_____에게 해주고 싶은 말이 있나요? 여기에 적어보세요.

사랑을 아껴두는 일

사랑을 아껴두는 게 말이 되나요?
더 이상 나올 게 없을 만큼
모든 걸 퍼줘도 모자란 게 사랑인데
더 많이 사랑하는 사람은 언제나
못해준 게 너무 많아서
미안한 것 투성인데
아껴둘 사랑이 어디 있어요

더 많이 사랑할까봐 두려워하지 말아요
그대를 사랑하는 일이
나를 사랑하는 일이 되면 돼요
서로를 성장하게 하고
서로의 삶에 윤활유가 되어주면 돼요
그리고, 진심으로 믿어주면 돼요

어른

마음이 어른이가 됐나 봐요
마음 가는대로 했던 내가
이제 머리가 먼저 앞서는 걸 보니
이성적으로 계산하는 걸 보니
급하지 않게 시간을 두는 걸 보니
상대방의 속도에 맞추며
머리로 사랑을 하는 걸 보니 말이에요

이제 내가 좀 성숙해졌구나
생각이 들어 좋더라고요
그러다 문득 슬픔이 찾아왔어요
아, 나는 더 이상 사랑에 목숨 걸고
사랑에 웃고 우는 순진함은 없어졌구나
마음이 어른이가 되면
재미는 없어지는구나 해서요

그래서 말인데요
마음은 평생
어린아이로 살게 하는 게
좋을 것 같아요

심 心

마음 깊숙한 곳에 넣어두어
가끔은 나조차도 잊어버리고 있는
아무에게도 들키고 싶지 않은
무서운 본심

무력감과 자괴감에 빠져
허공을 헤매일 때에도
네 앞에선 웃고 싶었던
쓸데없는 자존심

요즘은 어떤 하루를 보내는지
어디가 아프진 않은지
하나부터 열까지 다 묻고 싶은
자연스러운 관심

너에 대해서는 보이지 않는
짙고 어두운 슬픔과 작은 틈새까지
전부 알고 싶은
지나친 욕심

어떤 일이 있어도
흔들리지 않으며
영원히 네 옆에 있겠다는
굳은 결심

네가 언젠가
이 글을 읽을 거란 사실을 알고
너를 위해 쓰고 있는
앙큼한 진심
너는 내 세상의 중심

어떤 일이 있어도
흔들리지 않으며
영원히 네 옆에 있겠다는
굳은 결심

아침

어둡고 캄캄한 암흑 속의 이 밤을
불안하고 초조해하는
너의 손을 꼭 잡고 지나서
따스한 아침을 맞게 해줄게

햇살에 눈을 찌푸리며 잠에서 깨어
이불 속을 한참 뒤척이다
마주 보고 아침을 먹는
평범한 아침 말이야

반복되는 일상이 흔들려
혼란스럽지 않게
든든하고 변함없는
울타리가 되어줄게

사랑한다는 말

넌 자주 물었어
왜 사랑한다는 말을 안 하냐고
이것 때문에 우린 가끔 다투기도 했었지

너를 사랑하는 마음이
표현할 수 없을 만큼 너무나 큰데
사랑한다고 말하면
사랑이 사라질까봐
사랑이 날아가버릴까봐
입 밖으로 꺼내지 못하겠더라고

그러면 버겁도록 크고 무거운
내 사랑이 가벼워져버릴까봐
그저 입술을 움직여 허공에 날리우는
시늉만 내는 단어가 되어버릴까봐

그러니 조금만 더 기다려줘
가볍지 않게 느껴질
내 마음 만큼의 무게를 찾아서
사랑한다 표현하는 방법을 찾을 때까지만

수연산방

그와 처음 데이트를 했던 장소는 성북동이었어요. 길상사를 지나 조금 내려오면 수연산방이라는 전통한옥카페가 있는데 우리는 손을 잡고 그 길을 한참 동안이나 걸었죠. 그곳은 1930년대에 활동하던 문인 상허 이태준 선생님의 가옥이었는데, 13년 동안 집필을 했던 작업실이었어요. 구인회의 활동이 이뤄진 곳으로도 알려져 있고요. 지금은 외손녀가 카페로 운영하고 있고 단호박빙수와 데이트코스로 유명한 곳이 되었죠. 왜 이렇게 멀리까지 데이트를 왔나 했더니 작가인 저에게 그곳을 알려주고 싶었나 봐요. 직업이 작가라고 해서 이런 곳만 찾아다니는 건 아닌데 말이죠. 어쨌거나 첫 데이트 장소를 정하기 위해 얼마나 많은 고민을 했을까를 생각하니 고맙고 피식 웃음이 나더라고요.

둘 다 낯을 가리는 성격이라 대화는 많지 않았고 첫 데이트라 분위기는 어색하기 짝이 없었어요. 그날은 매우 추운 날이기도 했고요. 유난히 추위를 많이 타는 저는 그렇게 한참을 걷다가 나도 모르게 춥다라고 작게 혼잣말을 내뱉어버렸고 주위에 예민한 그는 그 말을 듣고 말았던 거예요.

미안한 마음에 괜찮다고 손사레를 쳤지만 이미 늦어버렸더라고요. 제가 어느새 그의 품에 꼭 안겨 있었으니까요.

가끔 그곳을 지날 때마다 그는 그때의 일은 까마득히 잊은 듯이 첫 데이트를 추억했고, 저는 첫 포옹을 추억했어요. 그의 커다란 코드 안에 포근히 안겨 있던 그 느낌이 참 좋았나 봐요. 지금도 여전히 설레고 두근거릴 만큼요.

남산

 저는 늦은 밤, 한강을 바라보며 커피 마시는 것을 좋아하고, 높은 곳에 올라가 야경을 보는 것을 좋아해요.

평소와 다를 것 없던 어느 날, 그는 저를 태우고 남산으로 향했죠. 높은 곳에서 야경을 보자 답답했던 마음이 탁 트이고 시원하게 숨이 쉬어지더라고요. 높은 곳에서 경치를 바라보면 모양은 모두 다르지만 각자의 자리에서 빛을 내어 하나의 아름다운 야경이 만들어지잖아요. 저는 그런 모습들을 좋아해요. 반짝이는 것들을 보고 있으니 제 기분도 덩달아 좋아졌어요. 그제야 이곳에 온 이유가 궁금해서 갑자기 남산엔 왜 왔냐고 물었죠.

"우리도 반짝여보려고."

옅은 미소를 짓던 그가 짧은 대답을 마치고 입술을 맞추었죠. 그와의 첫 키스였어요. 이런 로맨틱한 남자 같으니라고. 아마 그 순간만큼은 우리가 세상에서 가장 눈부시고 아름답게 빛났을 거예요. 남산의 그 어느 불빛보다도 밝고 찬란하고 오묘하게.

_____와 함께한 추억의 장소 5곳을 소개해주세요.

눈맞춤

눈을 맞추고 대화하는 게 난 좋더라
예쁜 캔들을 너와 내 사이에 켜두고 마주 앉아
너와 밤새 이야기하고 싶어

내가 알지 못하는 너의 모든 시간을 듣고 싶었거든
무슨 일이 가장 힘들었고
무엇 때문에 마음 아팠고
어떤 이별을 했고
언제 가장 슬펐고
언제 가장 기쁘고 행복했는지
나와 만나기 전의 넌 어땠는지
세세한 것 하나까지도 전부 다 알고 싶어

화려하지 않게 반짝 빛나는 불빛 사이로
너의 눈동자 속에 담긴 내 모습이 예쁘게 보이는 이 순간,
너도 내 눈에 담긴 너의 멋진 모습을 보며 이야기한다면
조금 더 낫지 않을까

은은한 포근함과 다정함에
괜찮다고 덮어두었던 마음이 치유되어,
꽁꽁 얼었던 너의 마음이 사르르 녹아내리는 시간이 될 거야

다른 누구도 모르는 너의 마음을
나는 온전히 알고 이해할 수 있으면 좋겠어
세상 누구에게도 기댈 수 없을 것 같은 그런 순간이
또 찾아온다면
그때 날 떠올릴 수 있게
너에게 더 편안한 사람이 되어줄게
벼랑 끝에서 네 손을 잡아주는 한 사람은 내가 되어줄게
그런 사람이 되도록 준비할게

탱탱볼

넌 날보고 탱탱볼 같다고 했어
손에 잡힐 듯 잡히지 않고
어디로 튈지 몰라
항상 불안하다고 했지

내가 네 옆에 없거나
가끔 연락이 안 될 때면
어딘가에 물건을 놓고 온 것처럼
매일 조마조마하다고 했지

근데 그거 알아?
너의 그런 관심이 좋아서
나의 행동 하나 하나에
웃고 찡그리고
반응하는 네가 좋아서
일부러 그랬던 거

덜렁거리는 나 때문에
힘든 고생을 사서 하는
네 섬세함이 좋아서
더 그랬던 거

사랑하면 아이가 된다잖아
너에게 만큼은
듬뿍 사랑받는 아이로 멈춰
오래오래 크지 않고 싶었나봐

기도

기쁜 날에도 행복한 날에도
슬픈 날에도 힘든 날에도
크게 흔들리지도 휘둘리지도 않고
아름다운 미소를 피워낼 수 있기를

소원하고 바라는 것이 많기보다
이미 누리는 삶에 감사하고 만족할 수 있기를
값비싼 반짝임을 욕심 내지 말고
내면의 깊음과 묵직함을 욕심내기를

누군가에게 건네는 말 한 마디라도
정성과 마음을 담아 따스하기를
스치는 짧은 인연이라 하더라도
최선을 다해 섬길 수 있기를

사람들의 눈물이 흐르는 곳으로
나의 시선과 마음이 향하기를
성공을 향해 홀로 질주하지 않고
옆에 있는 사람들과 어깨동무하며
함께 성장하고 화평케 하는 사람이 되기를

눈물이 모여 있는 곳을 돌아보고
함께 아파하고 내가 가진 것을 나눌 수 있기를
돕는 손길에 대한 우월감에 빠지지 않고
축복이라 여기며 항상 겸손하기를

작은 몸보다 훨씬 크고 뜨거운 사랑을 담아
가는 곳마다 자연스레 전달되기를
내 안에는 아픔과 시련을 이겨낼
힘과 지혜와 강함이 있음을 믿어주기를

내가 살아내고 있는
모든 장소와 모든 만남 모든 순간이
숨 쉬고 호흡하는 모든 찰나가
부디 내게 가치 있기를

소중한 사람과 함께한 추억을 기록해보세요.

date　　·　　·　　·

WHO

WHERE

WHAT

date　　·　　·　　·

WHO

WHERE

WHAT

소중한 사람과 함께한 추억을 기록해보세요.

date   .   .   .

WHO

WHERE

WHAT

date   .   .   .

WHO

WHERE

WHAT

Travel to my Road

용기 내보세요.

모두가 노란색을 고를 때 초록색을 고르는 용기,

처음이 어렵지 익숙해지면 괜찮아요.

나이

세상을 정복할 수 있을 줄 알았던 스물,

내가 누구인지 어디로부터 왔는지 문득 궁금하던 스물하나,

뭐든지 하나라도 더 알고 싶었던 스물둘,

어떤 걸 더 알아야 하는지 찾아다니던 스물셋,

알아간다는 것에 재미를 붙였던 스물넷,

마치 세상의 모든 것을 알 것도 같았던 스물다섯,

나름 뭘 좀 알고 있다고 생각했던 패기 넘치는 스물여섯,

나의 지난 그 생각들이 후두두둑 깨져버린 스물일곱,

적당한 실패와 좌절이 겸손을 가르쳐준 스물여덟,

늦기 전에 뭐든지 해보겠다 발악했던 스물아홉,

모든 것이 생소하고 낯설어지던 서른,

떠밀리듯 남들이 사는 것처럼 살아야 할 것 같았던 서른하나,

이제 진짜 어른이 되었다고 착각했던 서른둘,

할 수 있다는 생각보다 못할 이유가 늘어나던 서른셋,

지나고 보니 그렇지 않아도 되는데 참 아등바등 애쓰며 살았다 싶은 이
순간,

그리고 아직 더 살아봐야 쓸 수 있을 것 같은 서른넷.
나이를 먹는다고 다 괜찮아지는 건 아니더라고요.
다만 육체적 성장이 끝난 이후부터
얼마나 끊임없이 마음과 영혼이 성장하느냐로
나이의 성숙도가 결정되는 것이 아닐까요.
당신의 나이는 어떠한가요?

Q&A to me

지금까지 걸어온 나의 인생은 어땠나요?
나의 생애를 나이별로 표시해보세요.
가장 행복했던 때는 +100, 가장 불행했던 때는 -100이에요.

+100　행복한 일 / 좋았던 일

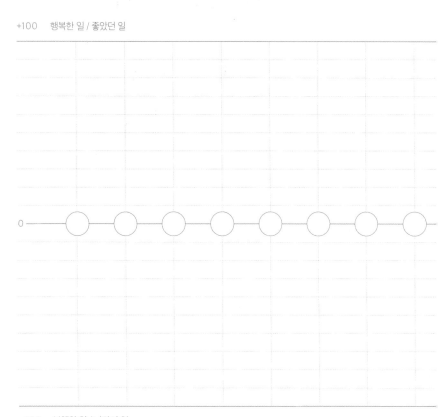

0

-100　불행한 일 / 나빴던 일

Q&A to me

기억에 남는 사건마다 점으로 표시해보세요.
그 점들을 이어보면 나의 생애 곡선이 그려집니다.
이 곡선은 앞으로 나아갈 내 인생의 또 다른 좌표가 될 거예요.

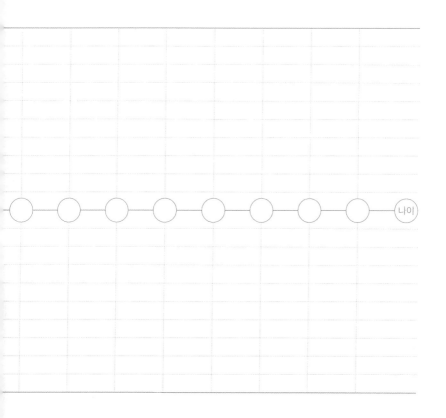

스무 살의 나에게

안녕? 스무 살의 청춘! 지금은 당장 무엇인가를 이뤄야 할 것 같고 10년 후, 혹은 20년 후에 삶이 끝날 것 같이 느껴지겠지? 하지만 너무 조급하게 생각하지 않았으면 좋겠어. 청춘은 그 자체로 아름다운 시간이거든. 그러니 온전히 즐겁고 기쁘고 건강하게 매일을 살았으면 해. 너무 많은 걱정과 긴장보다는 그저 너에게 다가오는 삶을 낙천과 평안으로 받아들이는 연습을 하는 게 좋을 거야.

어떤 일이든 많이 도전하고 경험해봐. 꼭 성공하거나 잘되어야 한다는 생각은 하지 않아도 돼. 조급함은 불안을 만들고 그 감정들이 네 삶에 긍정적인 영향을 주지 않거든. 도전하고 경험하는 과정에서 많은 것들을 보고 듣고 느끼는 교훈만 잊지 않고 살아도 이후의 삶을 충분히 잘 헤쳐나갈 수 있는 힘이 생길 거야.

괜히 온몸에 잔뜩 힘주며 뻣뻣하게 살지 말아. 사람들과 둥그렇게 어울리며 지내봐. 세상에는 좋은 것, 행복한 것, 아름다운 것 투성이거든. 지혜로운 사람은 의미 있고 가치 있는 것에 관심을 둔다고 하잖아. 그렇게 살다보면 영혼이 풍성해질 거야.

때론 상처도 받을 테고 포기할 때도 생기겠지. 행복한 날보다 힘들고 슬픈 날이 더 많을지도 모르겠어. 하지만 그림자가 짙은 만큼 빛이 강하듯 기쁘고 행복한 날이 크게 다가올 테니 어느 상황에서도 최선을 다하면 돼. 겸손하고 온화하며 사랑받고 사랑하는 사람으로 살다가 어느 날에 기쁘게 만나자. 먼저 온 이곳에서 너를 힘껏 응원하고 있을게. 다시 만나는 날, 길을 잃지 않고 잘 걸어왔다고 꼬옥 안아 다독여줄게.

"안녕? 스무 살의 청춘!
행복한 날보다 힘들고 슬픈 날이 더 많을지도 모르겠어.
먼저 온 이곳에서 너를 힘껏 응원하고 있을게."

그게 뭐 어때서

학창 시절, 이리저리 방황하던 제게 글쓰기의 재미를 알려주신 스승님이 계세요. 중학교 교사이자 시인이시죠. 성인이 된 지금까지도 못난 제자의 글을 보고 피드백을 주시고 삶의 크고 작은 고민도 함께 나눠주세요. 오랜만에 스승님을 뵈러 간 자리였어요. 근황을 이야기하다가 제가 투덜거렸죠.

"쌤, 저는 이 나이 먹고도 아직도 아르바이트를 해요. 작가로 일하는 건 모두 프리랜서로 잡히니까, 사람들이 언제까지 4대 보험이 안 되는 불안정한 삶을 살거냐고 자꾸 물어봐요. 작가를 관둬야 할까요? 하고 싶은 일을 하는 게 왜 이렇게 힘든 거예요?"

"그게 뭐 어때서. 왜 네 나이에 아르바이트를 하면 안 되는 거냐?"

작가로 일할 수 있는 것이 감사하고, 하고 싶은 일을 하기 위해서 할 수 있는 당연한 선택인데 그것이 뭐가 문제냐고. 어차피 인생은 4대 보험이 되어도, 그렇지 않아도 똑같이 불안정한 것이라고. 내가 어떤 삶을 살기로 선택하고 그 길을 향해 나아가는 것이 가장 중요한 것이라고 말씀하셨어요.

맞아요. 세상이 정한 많은 통념과 시선 때문에 우리는 가끔 나를 갉아먹는 생각과 결정을 하기도 하지요. 하지만 인생의 가장 중요한 문제들은 다른 누구의 잣대나 생각이 개입되지 않고 오로지 나 홀로, 나만의 방법으로 선택하고 살아가야 해요. 눈치 보지 말고 내 안 깊숙이 숨어 있는 영혼의 목소리를 듣고 결정하면 되는 거죠.

보이는 삶이 아니라 보이지 않는 것에 집중하는 삶을 살기로 다짐하면 생각보다 평안하고 행복하게 살아지더라고요.

요즘 없던 잠버릇이 생겼어요. 이를 악 물고 주먹을 꽉 쥐고 자는 것이죠. 자다 깰 때면 손바닥에 손톱자국이 생겨 얼얼할 정도로 아플 때도 많았어요. 동생 말로는 가끔 몸살 난 것처럼 끙끙거리는 소리를 내거나 미간을 잔뜩 찌푸리기도 한대요.

혹시 몰라 수면센터에 상담을 받으러 갔어요. 의사 선생님께서는 아마 평소에 여러 감정을 고스란히 안으로 품어 참느라 생긴 잠버릇 같다고 했죠. 힘든 마음을 드러내지 못하고 억누르면 똑같이 잠을 자도 어떤 방법으로든 억누르게 된다고요. 경직되고 닫힌 제 마음이 무의식중에 표출되는 거라고 하더라고요. 하루아침에 성격이 바뀔 순 없으니 가장 쉬운 것부터 시작하기로 했어요.

하루에 한 시간 산책을 하는 일이죠. 느릿느릿 걸으며 주변을 천천히 둘러보고, 손바닥이 하늘을 보게 해 햇살에 샤워도 하고요. 매일 다른 바람의 향기도 느끼며 나를 움켜쥐고 있는 많은 일들과 이 시간만큼은 분리하기 시작했어요. 산책의 규칙은 내 마음이 편안해질 때까지는 시계도 휴대전화도 보지 않는 것이었습니다. 내면을 정리하는 시간을 자주 가지고 나니 주변을 여유 있게 살필 수 있는 여백이 생기더라고요.

그리고 그날 나쁜 꿈을 걸러준다는 예쁜 드림캐처를 하나 사서 창문에 걸었어요. 밤에만 보이는 별과 달과 은하수를 만나는 시간, 달 속에 계수나무와 토끼가 여전히 살고 있다고 믿을 수 있는 그 시간만큼은 저도 행복한 꿈을 꾸고 싶었거든요. 잠을 자는 그 시간 동안이라도 저의 여린 속내까지 다 꺼내 위로 받을 수 있기를 바라기도 했고요. 꿈속은 저를 다 드러내도 다치지 않는 곳이니까요.

누군가의 긴 밤도 저와 같지 않을까 생각해봤어요. 모든 것이 교과서에 적힌 대로 흘러가지 않고, 현실은 쉽게 바뀌지 않지만 잠에 드는 그 시간만큼이라도 마음의 결을 따라 평안하기를 기도하는 밤입니다. 오늘 밤은 드림캐처로 비춰오는 달빛 사이로 우리의 영혼이 날개를 펼쳐 자유롭게 별 사이를 유영하기를, 찬란하고 아름다운 꿈을 꾸기를, 단잠의 사이에서 행복하기를 바라봅니다.

Bucket List

죽기 전에 꼭 해보고 싶은 일, 되고 싶은 것, 갖고 싶은 것, 가고 싶은 곳이 있나요?
10가지를 적어보세요. 적어놓고 잘 보이는 곳에 붙여놓으세요.
생각날 때마다 보세요. 꼭 이루어질 거예요.

- [ ] _____
- [ ] _____
- [ ] _____
- [ ] _____
- [ ] _____
- [ ] _____
- [ ] _____
- [ ] _____
- [ ] _____
- [ ] _____

잘자, Good Night

오늘은 네가 무슨 일이 있었는지 기분이 좋지 않았어.
축 처진 너의 어깨 위로 떨어지는 가로등 빛마저도 위로
가 되지 않았나봐. 애써 눈물을 꾹 참는 네 눈을 보고 나
는 한 마디 위로도 제대로 전할 수 없었어. 너를 바래다
주는 길이 오늘따라 너무 짧았거든. 시간의 태엽을 감은
듯 빨리지는 노을도 참 야속했고.
그렇게 너에게 한 마디도 못한 채 너의 집 앞의 골목길
끝에서 어렵게 입을 열었어. 앞으로는 오늘이 처음인 것
처럼 우리 더 행복하자고. 너와 내가 발맞추어 걷는 이
걸음이 저 별처럼 빛나게 웃어보자고.
입술 끝에서 맴도는 이 말들로 네가 위로될 수 있을까
생각했는데, 넌 참았던 눈물을 터뜨리고 말더라. 그래,
눈물이 난다면 울어도 돼. 하고 싶은 이야기가 있다면
다 뱉어도 돼. 그러고 나서 훌훌 털어버리고 우리 더 행
복하게 걷자고. 오늘이 마지막인 것처럼 마주 보고 크게
한 번 웃어보자고. 오늘보다 딱 한 뼘씩만 더 행복해지
자고.
집으로 들어가는 너의 발걸음이 아직은 무거워 보이지
만 오늘 밤은 부디 단잠에 이루기를.
잘자, 안녕. Good Night.

하고 싶은 이야기가 있다면 다 뱉어도 돼.
그러고 나서 훌훌 털어버리고
우리 더 행복하게 걷자고.
오늘이 마지막인 것처럼
마주 보고 크게 한 번 웃어보자고.
오늘보다 딱 한 뼘씩만 더 행복해지자고.

느낌대로

저는 발레가 전공이었지만, 조금 더 적극적으로 메시지를 전달하고 싶다는 생각에 안무를 배웠어요. 그러면서 한국무용, 현대무용, 재즈, 탭댄스, 댄스스포츠 등 여러 가지 춤을 모두 접하게 되었죠. 사실 안무는 주어진 상황이나 음악에 맞게 그것을 몸으로 극대화시켜 표현하도록 동작들을 짜는 것인데 저에게 그렇게 흥미롭지 않았어요. 무엇이든 짜인 대로만 하는 것이 지루하고 싫어서 그랬나 봐요. 결국 여러 종류의 춤을 배운 것으로 만족했죠. 아마 음악을 틀어주고 그때마다 느낌대로, 마음대로 춤을 추라고 했다면 좋아했을지도 모르겠어요.

안무를 공부하면서 알게 된 사실이 하나 있어요. 좋아하는 것들에는 생각이나 말보다 몸이 먼저 반응한다는 것이었죠. 제가 좋아하는 일, 설레고 신나는 일을 만나면 생각하기 전에 이미 몸이 먼저 빠르게 움직이고 있더라고요. 본능이겠죠. 그 순간이 저는 가장 자연스럽고 순수하고 사랑스러운 사람이 되는 것 같았어요. 생각보다 빠르게 움직이는 건 아마 몸 밖에 없을 거예요.

느끼는 것과 마음은 생각보다 단순해요. 그런데 다른 사람들의 눈에 내가 어떻게 보여질지 지레 겁먹고 감추고 살고 있는 거겠지요. 자기 자신의 마음을 솔직하게 표현하지 못한 채 영혼을 잃어버린 사람은 다른 사람의 표현도 온전히 받아들일 수 없어요. 나와 네가 만나 함께 공감한다는 것은 서로의 것이 솔직하고 분명할 때, 상호작용도 일어날 수 있거든요. 느낌을 솔직하게 표현하는 것은 특별한 것도, 나쁜 것도 아니에요. 여러 생각으로 휘젓기 전에 느낀 대로 간단하고 솔직하게 많이 표현할수록 우리 영혼도 따뜻해지겠지요?

언제까지 숨 막히게 조용히 살 수만은 없잖아요? 내 안에 있는 나만의 특별한 창조성을 세상에 알려보세요. 싫어하는 사람보다 좋아해주고 격려해주는 사람이 훨씬 더 많을 거예요.

Play List

여행길에 듣는 음악은 추억이 됩니다. 나만의 플레이리스트를 만들어보세요.
플레이리스트의 제목은 나의 감성을 대변해주지요.

TITLE	ARTIST	ALBUM

Play List

여행길에 듣는 음악은 추억이 됩니다. 나만의 플레이리스트를 만들어보세요.
플레이리스트의 제목은 나의 감성을 대변해주지요.

TITLE	ARTIST	ALBUM

똑같은 건 싫어서

어릴 적부터 저는 유난히 남들과 똑같은 걸 싫어했어요. 그래서 맹목적으로 똑같아야 하는 것들을 어려워했죠. 모두가 'Yes'라고 하면 'No'를 마음속으로만 외치지 않고, 꼭 밖으로 내뱉던 아이가 저였거든요. 모두가 하나의 목적지를 향해 뛰어갈 때 저는 뒤돌아 다른 곳으로 가는 아이였어요. 하지 말라는 건 왜 하지 말라는 건지 꼭 행동으로 해보고 이해해야 그만했고요. '안 돼' '금지'라는 단어를 제일 싫어했어요. 누군가 질문을 하면 저는 그것에 대한 대답이 아닌 또 다른 질문이 떠올라 상대방을 당황하게 했고, 무슨 일이든 왜 해야 하는 건지 이유가 명확해야 동기부여가 되는, '어려운' 아이였습니다.

엄마는 이런 제 성향을 파악하고 언제나 저와 오래 대화해주었고, 차분히 설명해주셨어요. 제 행동이 잘못되었다는 말이나 꾸지람 없이 제 성향대로 잘 자라게 해주셨죠. 지금에서야 깨닫는 엄마의 현명한 도움으로 저는 참 자유롭고 독립적으로 자랐어요. 그렇게 성장하며 자연스럽게 질문에 답을 찾다 보니 삶에는 답이 없다는 아이러니도 깨닫게 되었고요.

하지만 질문할 수 있어야 남들과 똑같이 살지 않는다는 것 하나는 정확하게 배웠습니다. 다른 사람에게 당연한 것이 나에게는 당연하지 않을 수 있잖아요. 정확한 이유와 답이 없이 남들이 한다고 똑같이 따라하는 삶을 살고 싶지는 않았어요. 사람에게는 누구에게나 자신만의 정해진 때와 시간, 카이로스가 있기 마련이잖아요.

오늘을 또다시 살게 될 날은 없습니다. 세상의 매력을 저마다의 방법으로 자유롭게 느끼고 즐길 수 있으면 좋겠어요. 다른 사람이 이상하게 본다고, 하지 말란다고 그 말에 끌려다니다가 정말 내가 원하는 것이 무엇인지를 하나도 모르고 살 수도 있으니까요. 그러니 실수하더라도 때로는 허무맹랑한 길을 걷더라도 하고 싶은 대로, 다른 사람을 따라 살지 않고, 내가 가진 재능과 정체성을 가지고 온전히 내 마음대로 살아보는 일이 필요해요. 그것이 삶을 더 사랑하고 행복하고 풍족하게 만듭니다.

용기 내보세요. 모두가 노란색을 고를 때 초록색을 고르는 용기, 처음이 어렵지 익숙해지면 괜찮아요.

작가로 산다는 것

작가에게 노트에 글씨를 쓰는 건 어려운 일이 아닙니다. 언제나 무엇을 어떻게 쓸 것인가가 고민이죠. 제가 보는 세상과 시선을 어떤 방식으로 사람들에게 표현하고 와 닿게 할 것인지를 생각하는 데 훨씬 많은 시간이 들어가요. 작가가 의도한 이야기를 어떻게 하면 효과적으로 전달할 수 있을지, 이렇게 쓰면 어떤 것을 느끼게 될까를 오래 객관화해보고 곱씹어보죠.

글을 쓴다는 것은 일상과 내 주변에 있는 많은 것들을 아주 깊게, 오랫동안 생각하는 일인 것 같아요. 태어남과 죽음, 나와 너, 낮과 밤, 멋짐과 아름다움, 찬란함과 오묘함, 행복과 슬픔과 눈물에 담긴 수많은 이야기와 의미를 찾아내는 일이랄까요. 때로는 잡히지 않는 것을 잡기 위해 아등바등하는 것 같고, 그만하고 싶을 때도 있죠. 물론 회의감이 들기도 합니다.

하지만 이왕 할 거면 조급한 마음을 내려두고 쉽고 재미있게 즐겨보기로 했어요. 글을 쓰며 작가로 산다는 것은 특별히 어떻게 해야 한다는 정답이 있는 교과서도 없어요. 누군가의 방법을 따라한다고 저도 같은 결론을 찾는 것도 아니니까요. 그렇다면 최대한 몸과 마음을 가볍게 하고 하루하루 저에게 다가오는 모든 일들의 사이로 깊숙이 들어가보기로 했죠.

저는 제가 좋아하는 일을 심각하고 지루하게 억지로 하고 싶지는 않아요. 좋아하는 마음과 더 잘하고 싶은 열정이 사그라들지 않도록 살고 싶거든요. 내 인생과 내가 좋아하는 일을 온 마음 다해 사랑하며 마음의 결이 같은 많은 친구들을 만나 유쾌하게 사는 것, 이것이 제가 작가로 사는 의미입니다.

내 인생과 내가 좋아하는 일을 온 마음 다해 사랑하며
마음의 결이 같은 많은 친구들을 만나 유쾌하게 사는 것

감사 일기

'감사 일기'를 써보기로 했어요. 하루를 정리하고 자기 전에 쓰는 감사 일기가 처음엔 부담스러웠죠. 어떤 것을 써야 할지 막막하고 생각나지 않는 날도 있었어요. 억지로 쥐어짜내야 칸 채우기가 가능했죠. 그런데 일주일, 한 달을 꾸역꾸역 쓰다 보니 당연하게 누리고 살았던 모든 것들이 다 감사 제목이 되어 있더라고요.

추운 날 따뜻하게 잘 수 있는 집이 있는 것에 감사, 비 오는 날 안에서 일할 수 있는 직업임에 감사, 배고플 때 먹고 싶은 음식 먹을 수 있는 것도 감사, 특별히 아픈 곳 없는 것도 감사, 큰일 없이 하루를 잘 보낼 수 있어서 감사, 서로를 많이 아끼고 사랑하는 가족이 있어서 감사, 나를 좋아하고 사랑해주는 사람들과 함께할 수 있어서 감사, 달콤한 낮잠을 잘 수 있어서 감사, 추운 날 따뜻한 이불 속에서 귤을 까먹으며 재미있는 드라마를 보고 휴식할 수 있어서 감사, 이렇게 숨 쉬고 있는 것까지도 감사...

쓰다 보니 제가 아무것도 아니라고 느꼈던 것들이 다 감사더라고요. 이렇게 매일을 감사로 채우다 보니 제 삶에 감사할 일이 더 많이 생기는 것 같아요. 특별한 일이 없어도 나에게 주어진 것에 만족하며 즐겁고 기쁘게 감사하며 살게 되었죠. 또 감사 일기를 쓰면서 복잡했던 마음이 심플하게 정리되고 간단해졌어요. 소소한 것들에 더 깊은 감사를 느낄 수 있게 되었고, 평범한 저의 삶이 그냥 만들어지는 것이 아니라는 것을 알게 되었고요.

혹시 우리가 살아가며 너무 많은 것들을 기
대하며 살고 있지는 않나요? 이미 주어진
것들로 충분한데 말이죠. 오늘부터 감사한
일을 하루에 한 가지씩만 써보는 건 어떨까
요? 지금보다 훨씬 더 마음이 풍족한 날들
이 될 거예요.

Gratitude Journal

오늘 하루 감사한 일을 적어보세요.
매일 쓰는 감사일기로 풍족한 삶을 만들어보세요.

date

오늘 하루
감사한 일은?

오늘을 기분 좋게
만드는 것은?

내일을 위한
다짐은?

Gratitude Journal

오늘 하루 감사한 일을 적어보세요.
매일 쓰는 감사일기로 풍족한 삶을 만들어보세요.

date

오늘 하루
감사한 일은?

오늘을 기분 좋게
만드는 것은?

내일을 위한
다짐은?

Gratitude Journal

오늘 하루 감사한 일을 적어보세요
매일 쓰는 감사일기로 풍족한 삶을 만들어보세요

date

오늘 하루
감사한 일은?

오늘을 기분 좋게
만드는 것은?

내일을 위한
다짐은?

Gratitude Journal

오늘 하루 감사한 일을 적어보세요
매일 쓰는 감사일기로 풍족한 삶을 만들어보세요

date

**오늘 하루
감사한 일은?**

_____

_____

_____

_____

_____

_____

**오늘을 기분 좋게
만드는 것은?**

_____

_____

_____

_____

_____

_____

**내일을 위한
다짐은?**

_____

_____

_____

_____

_____

_____

선한 영향력

저에겐 성인이 되어 방황할 때 역사와 인문학을 통해 삶의 방향을 잡아주신 선생님이 계세요.

세상에는 참 많은 부류의 사람들이 혼재되어 있습니다. 타인의 단점만 들춰내는 사람도 있고, 한 번 어긋나면 평생 관계를 풀지 못하는 사람도 있고, 너그러운 사람도 있고, 정확한 사람도 있고, 자유로운 사람도 있죠. 저는 사람과의 벽을 허무는 데는 오래 걸리는 사람이었고, 벽을 세우는 데는 빠른 사람이었어요.

그런데 선생님은 언제나 사람을 이해하려 노력하고, 그 사람의 마음을 온전히 믿어주려 애쓰시더라고요. 그 사람이 어떠한 사람이든 간에요. 장점을 찾아 따뜻한 시선으로 사람들의 마음을 들여다보려 했고 진심으로 신뢰해주시는 모습이 제겐 참 인상 깊었어요. 그래서인지 선생님 주변에는 어느 누구도 쉽게 자리했고 오랜 시간 깊은 관계를 쌓아가는 것 같았어요. 선생님을 알고 지낸 시간이 쌓이며 처음엔 왜 좋지 않은 사람들까지도 품어주고 관계를 동등하게 맺는지 이해하지 못했습니다. 하지만 시간이 흐르며 한결같은 모습을 보고 그것이 선생님의 인품인 것을 알게 되었죠. 저 또한 아직 어렵지만 선생님의 이러한 모습을 닮아가려 애쓰고 있습니다.

어떤 문제든 누구의 편을 들지 않고 중립을 지키며 모든 사람의 이야기를 진심으로 듣기 위해 수없이 노력하는 것 같아요. 만나는 사람의 장점을 크게 보고 부러 칭찬의 말을 건네는 연습도 하고요.

톨스토이 책에 이런 내용이 나옵니다. "진정한 스승은 삶에서 가장 중요한 것이 사랑이라고 가르친다"고요. 타인 또한 자기 자신임을 깨닫고 한 인간으로서 사랑하는 것을 배우는 것이 인생이라고요. 아마 선생님은 제게 다른 무엇보다 이것을 알려주고 싶었던 것 같아요. 넓은 생각과 인품을 따라가려면 아직 멀었지만 열심히 따라가야겠어요. 좋은 스승과 제자는 서로에게 좋은 영향을 주며 배우고 성장한다고 합니다. 지금의 선생님께서 제게 영향을 주신 것처럼 훗날 저도 누군가 단 한 사람에게라도 저의 행동으로 선한 영향력을 전할 수 있기를 바라보는 날입니다.

표정에 그 사람이 있습니다

평소 가깝게 지내는 서예가 선생님이 계세요. 서예라면 모두가 어렵고 지루하고 한문이 가득한 화선지를 떠올리겠죠? 저도 이 선생님을 만나기 전까지는 그랬습니다. 선생님은 주로 자신만의 체를 가지고 한글로 서예를 알리고 계셨어요. 예술에 어렵게 접근하지 않고 쉽고 유쾌하고 재미있게 설명해주셨죠. 선생님과 사귀며 알게 되었어요. '아, 예술을 어렵게 멋부리지 않고도 이렇게 프로답게 표현할 수 있구나'라고요.

선생님은 올해 막 50세가 되셨는데 여전히 소녀 같고, 아직도 하고 싶은 일이 많고, 꿈이 많으며, 저보다 에너지가 넘칩니다. 워낙 젊게 사시다 보니 가끔 저보다 몇 살 많지 않은 언니라 생각될 때가 있어 장난과 농담을 건네기도 하죠. 그럴 때도 선생님은 유쾌하게 제 장난을 받아주세요.

선생님의 사진을 보면 참 편안해 보이고 밝은 미소 속에 담긴 표정이 아름답습니다. 청춘이라 해도 믿어질 만큼 빛이 나거든요. 그 표정과 얼굴 안에 그동안 살아온 많은 수고와 노력, 아픔과 슬픔, 기쁨과 행복이 다 담겨 있음에도 모나지 않게 둥그렇고 유쾌합니다. 분노와 욕망은 없어 보이나 가슴 아주 깊숙한 곳에 용암처럼 흐르는 뜨거운 열정이 있다는 것도 보이고요.

선생님은 언제나 주변을 잘 헤아리고 이해하시죠. 사람들을 이끌어가는 여대장부예요. 무엇을 하든 끓어 넘치는 열정으로 옆에 있는 사람에게까지 활기를 전해주고요. 선생님의 해맑은 표정을 볼 때마다 한 인간으로서 눈부시게 아름다워 저 정도면 인생, 참 잘살았다 싶은 생각이 듭니다. 나이를 먹을수록 살아온 인생과 마음의 결이 표정에 드러나기 때문에 아름다운 표정을 가지기가 어렵다는데 선생님은 참 뜨겁고 따뜻한 삶을 살아왔던 것 같아요.

문득 선생님의 사진을 보며 아름다운 표정을 가진 여성으로 나이 들고 싶다는 생각을 했습니다. 영혼이 아름다운 사람, 다른 사람을 배려하는 사람, 여자이자 예술가로, 한 인간으로 예찬하고 싶고 닮고 싶은 선생님처럼 말이죠. 못된 심보 내려놓고 아름답게, 뜨겁게, 따뜻하게 잘살아야겠습니다.

Mind the Graph

내 주변인들을 내 마음의 그래프에 놓아보세요. 그들이 내게 어떤 위치에 있는지 알게 될 거예요.
가로선 아래에 있는 이들이 있다면 가로선 위에 놓일 수 있는 일은 무엇일지 생각해보세요.

긍정

수동   능동

부정

"훗날 저도 누군가 단 한 사람에게라도
저의 행동으로 선한 영향력을 전할 수 있기를
바라보는 날입니다."

사람을 살리는 배려

 살다보면 누군가의 도움이 절실하게 필요한 날이 생기지요. 제가 딱 그랬죠. 끝나지 않을 것 같은 어두운 터널을 지나며 허우적거리고 있던 때였어요. 그런데도 도움을 청하거나 부탁하는 일에 서툴러 발만 동동 구르고 있었습니다. 더 이상 시간을 지체할 수 없었고 문제를 해결해야 하는 날은 다가오고 있었어요. 밤새 잠을 설치며 수없이 고민하고 결심했습니다. 평소 친하게 지내던 부부에게 두 눈을 딱 감고 부탁해보자라고요. 도망갈 곳조차 없었기에 절박한 심정으로 도움을 요청했죠.

부부는 저에게 선뜻 도움을 주었어요. 도움보다 고마웠던 건 부부의 태도였습니다. 제가 도움을 요청하는 이야기를 하기까지 얼마나 많은 고민과 망설임이 있었는지 공감해주었고, 얼마나 많은 눈물과 슬픔이 있었는지 진심으로 느끼며 마치 자신을 위로하는 것처럼 저를 위로해주었거든요. 그들은 도움을 주면서도 제가 비루하고 보잘것없는 사람이라 느끼게 하지 않고, 소중하고 귀한 사람으로 대해주었어요. 혹여나 제 마음이 다칠까 계속해서 살피고 저보다 더 조심스럽게 대하고 있다는 것을 단번에 알 수 있었죠.

그 부부가 저를 도와주면서 했던 말들은 아직도 제가 힘들 때마다 꺼내보게 하는 힘을 지니고 있습니다. 적당히 선을 넘지 않으면서도 제가 창피해하거나 위축되지 않도록 차분히 용기를 주었던 그 몇 마디가 제 삶을 지탱해주는 지지대가 되어주더라고요.

그들은 겉으로 다 표현하지 않고 말하지 못하는 어려운 사람들의 여백을 읽어낼 줄 아는 사람이었습니다. 그 여백 속에 숨은 고민을 찾아내 위로할 줄 알고 용기를 주는 따뜻한 영혼들이 제 곁에 있어서 더 감사했고요. 선한 영향력을 전하는 부부를 보며 저도 그런 삶을 살아야겠다고 몇 번이고 다짐하게 되었어요.

그 부부에게 배웠습니다. 선의는 어려운 것을 쉽게 하고 어두운 곳을 환하게 비추며 슬픔이 있는 곳을 기쁨으로 바꿔준다는 사실을요.

앞으로 누군가가 저에게 도움을 요청한다면 이 부부라면 어떻게 위로하고 배려했을까를 가장 먼저 떠올리게 될 거예요. 진심으로 한 영혼을 위하고 한 사람을 살리기 위해 온 마음을 집중하여 그 사람을 살피고 위로하고 배려하는 일. 그러면서도 그 사람의 마음이 다치지 않도록 소중하게 여겨주는 일. 아마 세상에서 가장 값진 일 중 하나가 아닐까요.

엄마의 서른

특별할 것 없는 날이었어요. 엄마와 함께 시간을 보내던 중 평소엔 눈에 잘 들어오지 않던 엄마의 모습이 가슴에 콕 하고 박히는 것 같았어요. 늘어난 눈가 주름, 손등에 자글자글한 잔주름, 여기저기 보이는 흰 머리까지 엄마의 세월이 고스란히 담겨 있더라고요.

문득 엄마의 서른은 어떤 모습이었을까를 생각했습니다. 지금의 저처럼 원피스도 입고 하이힐도 신고 화장도 하고 멋진 커리어우먼으로 살고 있었을 거예요. 엄마가 아닌 아름답고 성숙한 여자로 지냈을 엄마의 서른을 떠올리니 미안해졌어요. 서른에 저를 낳은 후, 엄마의 삶은 저로 가득 채워졌을 테니까요.

살며시 엄마의 등 뒤에서 몸을 기울여 꼬옥 끌어안아보았습니다. 목 끝까지 차오르지만 어색해서 내뱉을 수 없는 말을 속으로 되내면서 말이죠. 고맙다고, 미안하다고, 아주 많이 사랑한다고.

엄마가 지금까지 걸어온 여정과 아픔을 다 알고 이해할 수는 없지만 그렇게라도 위로하고 싶었어요. 내게는 엄마가 완전한 안식처였고, 안개 자욱한 길 앞에서 길을 찾아주는 길잡이였으니까요. 그것만으로도 엄마는 참 위대한 일을 한 거라고요. 지금껏 마음에 생긴 생채기를 끌어안고 삶을 살아낸 엄마 마음을, 이제는 제가 오롯이 안아 다독이고 사랑하며 살아가기를...

엄마의 등에 기대 속으로 참 많이 운 하루였어요.

진짜 친구라는 건 이런 관계가 아닐까요?
나이에 상관없이 서로에게 무엇이든 감추지 않고
진실하게 대하며 마음을 쏟아주는 사이 말이죠.

나이를 넘어선 친구

외숙모는 역사 선생님입니다. 저랑은 17년 차이가 나죠. 보통은 가깝지도 멀지도 않은 관계일 수 있는 외숙모가 저에게는 누구보다 참 가까운 친구예요. 제가 고등학교 때 외숙모에게 사회탐구 영역 수능 과외를 받았고, 그 후, 작가라는 같은 꿈을 키우며 가까워졌어요. 함께 읽은 책을 공유하기도 하고 서로의 글을 읽고 피드백을 해주기도 했죠. 무엇보다 살아온 환경이나 역할이 비슷해 서로의 마음을 조금 더 잘 헤아렸던 것 같아요.

외숙모는 아이들을 가르치며 두 아들을 키우는 엄마로 참 열심히 사는 여성입니다. 가정을 챙기는 것 이외에도 양가 부모님과 다른 가족들, 친구들까지 살뜰히 챙겼고 그런 모습을 옆에서 지켜보며 배우고 싶다고 생각했어요. 소탈하고 소박한 외숙모의 꿈은 그리 크지도, 그렇다고 작지도 않았습니다. 꿈은 크게 꾸고 멀리 내다보되 발은 항상 땅에 붙이고 있었죠. 외숙모의 모습은 억지스럽지 않았고 화려하지도 않았어요. 아마 진짜는 부러 꾸밀 필요가 없기 때문이 아니었을까 해요. 무엇으로도 치장할 필요가 없는 정말 진짜였으니까요.

어느새 외숙모는 저에게 말무덤과도 같은 사람이 되었습니다. 그 어디에도 하지 못한 깊은 고민과 생각을 편안하게 나눌 수 있는 친구가 되었으니까요. 몇 마디 하지 않아도, 연락을 자주 주고받지 못해도 진심을 나눌 수 있는 사이가 되었죠. 나이 차가 무색할 만큼 다양한 주제로 많은 대화를 나누고 서로를 응원하고 위로했습니다. 한참 어린 저와 눈높이를 맞추어주고 친구가 되어준 외숙모에게 언제나 고마운 마음이에요. 저는 외숙모를 통해 인생을 참 많이 배웠습니다. 둘만 친하게 지낸다고 서운해 하는 삼촌에게는 미안하지만요.

진짜 친구라는 건 이런 관계가 아닐까요? 나이에 상관없이 서로에게 무엇이든 감추지 않고 진실하게 대하며 마음을 쏟아주는 사이 말이죠. 치장하지 않고 자랑하지 않아도 마음을 온전히 이해하고 받아들이는 사이가 정말 친구가 아닐까요? 그런 의미에서 저와 외숙모는 진짜 친구임이 확실하네요.

Secret Letter

소중한 사람, 잊고 있던 사람, 만나고 싶은 사람, 고마운 사람, 미워했던 사람
모두 지금의 나를 만든 사람들입니다. 그들에게 편지를 써보세요.

그깟 미역국이 대체 뭐라고

지방에 있는 엄마가 제가 지내는 서울 집에 오겠다고 연락이 왔어요. 주로 저와 동생이 엄마에게 내려가는 경우가 더 많은데, 가끔 있는 일이니 알겠다고 하고는 통화를 마쳤죠. 엄마가 도착하는 시간에도 저는 일하느라 바빠서, 동생이 고속터미널에서 엄마를 모시고 집으로 왔어요.

그런데 엄마는 집에 도착해서는 아무것도 하지 못하고 제 침대에 누워야 했습니다. 출발 전부터 이미 몸살 난 상태였는데 제가 걱정할까봐 아프다는 말도 하지 않고 왔던 거죠. 엄마는 몸살에 열까지 많이 올라 저희와 저녁도 함께 먹지 못하고 약과 물만 드셨어요. 그렇게 밤새 제 침대에 누워 끙끙거리는 엄마를 보니 마음이 편할리 없었지요.

다음 날 아침, 엄마는 자기 몸이 그렇게 아픈데도 일어나서 미역국을 끓여주시더라고요. 제 생일이었거든요. 저의 어리둥절한 표정에 엄마가 덧붙였어요.

"아무리 아파도 우리 딸 생일에 미역국 끓여주고 힘들지 않게 해달라고 기도해주러 왔지."

저는 너무 화가 나서 눈물이 왈칵 나올 뻔했습니다. 왜 엄마 몸 생각은 안 하고 미역국을 끓여서 사람 미안하게 하나 싶었죠. 바쁜 척만 하는 딸이 뭐길래 이렇게 희생을 하나 싶기도 했고요. 아침도 먹지 않는 딸에게 미역국이 무슨 의미가 있나 싶었던 거죠. 제 마음은 이미 뾰족한 가시들이 여기저기서 삐져나오고 있었지만 화를 낼 순 없었어요. 제가 언제 수저를 들고 미역국을 맛있게 먹나

지긋한 미소로 지켜보는 엄마의 맑은 눈동자 때문이었죠.

깊은 곳에서부터 솟아오르는 눈물을 삼키고 애써 웃었어요. 저는 여느 때와 다름없이 아무것도 모르는 철없는 딸처럼 투덜대며 수저를 들었죠. 아침도 안 먹는 제가 억지로 미역국 한 그릇을 다 비워냈어요. 정작 엄마는 아침도 제대로 드시지 못했지만요. 그렇게 엄마는 딸을 출근시키고 지방으로 다시 내려가셨습니다.

작업실에서 하루 종일 엄마 얼굴이 아른거렸어요. 지금껏 지내온 생일 중 왜인지 모를 복잡한 감정이 나를 사로잡았죠. 이제야 엄마가 눈에 보이고 신경 쓰이는 걸 보니 저도 조금 철이 들나봐요.

아직까지 저는 '엄마'라는 이름의 무게와 희생의 의미가 와 닿지 않아요. 나를 온전히 희생하면서까지 지켜야 할 무엇이 있다는 건 어떤 마음일까요? 나는 과연 엄마를 그렇게까지 생각해본 적이 있었나 싶었어요. 제가 엄마를 생각하는 마음은 엄마만큼은 아닌 것 같아 괜히 미안한 마음이 들었던거죠. 엄마의 미역국은 하루 종일 제 마음을 어지럽혔습니다.

그날 저녁, 엄마에게 전화했어요.

"우리 오래오래 함께하려면, 건강해야 돼 엄마. 사랑해."

저는 제 마음이 잠깐 불편한 것도 못 견디는 이기적인 딸이었습니다. 엄마는 이기적인 딸의 말에도 기쁨과 행복을 느끼는 천상 어미 새고요. 그날 알았어요. 저는 평생 무얼 해도 엄마의 사랑을 갚을 수도 이길 수도 없다는 걸요. 가끔은 생각지도 못한 곳에서 이렇게 어퍼컷을 맞습니다. 쳇, 그깟 미역국이 대체 뭐라고.

"우리 오래오래 함께하려면,
건강해야 돼 엄마. 사랑해."

손 잡고 가보자

중국으로 역사탐방을 갔던 때 일이에요. 중국에는 북한 종업
원들이 서빙과 공연을 하는 곳이 많은데 그중 양꼬치 식당에
서 저녁 식사를 했습니다. 매년 역사탐방할 때 들르는 곳이
다 보니 그곳에서 일하는 한 친구와 유난히 가깝게 되었죠.
그 친구는 제가 갈 때마다 반갑게 맞아주었고 제가 식사하는
동안 필요한 것은 없는지 세세하게 챙겨주고 안부를 주고받
으며 어느새 가까워졌지요. 저보다 한참 어린 그 친구와 저
는 그렇게 언니 동생을 하기로 했어요. 비록 몇 개월에 한두
번, 밥을 먹는 짧은 시간만 함께할 수 있지만 그래도 좋았어
요. 착하고 선한 심성을 가진 동생은 그 후로도 제가 갈 때면
버선발로 마중 나와 와락 저를 끌어안아주었고, 보고 싶었다
며 눈물을 글썽이기도 했습니다. 동생의 순수함에 저도 모르
게 마음을 열고 정을 듬뿍 주게 되었죠. 통일이라는 문제를
깊이 생각하고 공부한 것도 바로 이 친구를 동생 삼고 난 뒤
부터였으니 동생이 저의 삶을 크게 바꾸기도 했어요.

그 식당은 식사 중간에 북한 종업원들이 고운 한복을 차려입
고 노래부터 바이올린, 색소폰, 아코디언 등의 공연을 보여
줍니다. 우리가 잘 아는 <고향의 봄> <반갑습니다> <홀로아
리랑> 같은 곡들도 함께 부르고요. 동생도 이 시간에는 아름
다운 한복을 입고 노래를 불렀죠. 표정과 목소리가 얼마나
예쁜지 마치 한국의 걸그룹 사이에 세워도 뒤처지지 않을 것
같았어요. 마지막 노래로 <홀로아리랑>을 부르던 시간이었
어요. 그날따라 동생은 제 눈을 지긋이 바라보고 노래를 불

렸죠. 마치 지금 건네는 내 마음을 꼭 해석해 달라고 애원하
듯 끝없는 눈짓의 언어를 건넸습니다. 가슴 끝에서부터 뜨
거운 것이 울컥하고 올라왔고 저는 눈물이 터져버릴 것 같
았어요.

"가다가 힘들면 쉬어가더라도 손잡고 가보자 같이 가보자."
<홀로아리랑>의 가사 중 일부입니다. 저는 그 시간에 작은
통일을 경험했어요. 통일은 큰 것이 아니라 이렇게 짧은 시
간, 작은 것부터 함께하는 것으로 시작된다는 것도 알게 되
었고요. 그날도 어김없이 헤어져야 할 시간이 다가왔습니
다. 만날 때의 기쁨보다 열 배나 큰 헤어짐의 슬픔 앞에서
매번 저는 동생보다 의젓하지 못했어요.

동생은 제가 떠날 때면 항상 받기만 해서 미안하다고 했습
니다. 오히려 제가 받은 것이 더 많은데도 뭐가 그렇게 미안
한지 계속 미안하고 고맙다는 말을 했죠. 사람을 쉽게 믿지
못하는 세상에서 멀리 있어도 그냥 믿어주고 응원해주고
건강하기를 매일 생각해주는 사람이 있다는 걸 알게 해줘
서 정말 고마웠거든요. 사람과 사람 사이의 진심이 이렇게
도 통할 수 있구나 깨닫게 해줘서 제가 더 감사했고요.

언니가 간다고 따라 나오는 동생을 저만치 두고 인사를 건
넨 뒤 길을 떠났습니다. 동생의 맑은 눈동자에서 애써 참았
던 눈물이 또르르 볼을 타고 흘러내리는 것이 보였어요. 당
장이라도 달려가 눈물을 닦아주고 싶었지만 그럴 수 없었
죠. 그럴수록 이별이 더 힘들어진다는 것을 아니까요. 금방
다시 볼 줄 알고 제대로 안아주지도 못하고 돌아왔는데 요
즘은 그날이 유독 후회가 됩니다.

이맘 때가 생일이라고 했던 동생을 보지 못한 지 1년이 넘었네요. 코로나19로 하늘길이 막혔기 때문이죠. 찬 바람 부는 오늘, 밥은 잘 먹었는지, 하얗고 작은 손이 트지는 않았는지, 아프지는 않은 지, 생일에 케이크와 함께 촛불은 불었는지 말이죠. 오늘 밤, 특히 더 많이 그립고 보고 싶네요. 순간순간 그리움이 쌓여 궁금한 날들입니다. 우리, 다시 만날 수 있겠지요?

부단히 사랑해요, 우리

요즘엔 참 다양한 사람들을 만나게 돼요. 만나는 사람들도 그만큼 자주 바뀌게 되기도 하고요. 그중에는 굉장히 긍정적인 에너지를 가진 사람들도 많이 있었어요. 아무 사심 없이 서로를 위해주고 응원해주는 사람들도 있었고요.

이 긍정의 에너지를 가진 사람들에게는 한 가지 공통점이 있었는데요. 절대 남을 험담하지 않는다는 것이었어요. 그리고 누군가가 험담을 하면 맞장구치지 않는 거예요. 그래도 계속되면 중간에 중단하거나, 그렇지 못할 상황이면 못 들은 척하더라고요. 반대로 남의 미덕을 들으면 그것을 기억했다가 또 다른 사람에게 전했습니다. 참 신기했죠.

이들과 어울리다 보니 정말 놀라운 일이 생겼습니다. 언제부터인가 남의 험담을 들을 때는 제가 욕먹는 것처럼 불편했어요. 저 역시 대화 중 누군가에 대해 이야기를 할라치면 그것이 험담인지 미담인지 한 번 생각하게 되고요. 반대로 남의 미담을 듣고 전할 때는 마치 내 일처럼 기쁘고 행복해졌습니다.

그때 알게 되었어요. 좋은 사람 옆에는 좋은 사람이 있다는 것을. 내 관계의 적정선은 내가 정하고 선택하는 용기가 필요하다는 것도 깨달았죠. 자신을 망가뜨리지 않는 관계가 정말 좋은 관계라는 걸요. 더이상 힘들고 부정적인 관계에 끌려다니지 않는 힘이랄까요.

서로에게 좋은 사람이 되는 것은 생각보다 쉬운 것 같아요. 소중한 사람들에게 상처를 주고 아픔을 주는 것을 택하지 말아요. 내 곁의 사람들을 치열하게 사랑합시다. 부단히 사랑해요, 우리. 결국 인생의 끝에 서면 우리가 온 맘 다해 진심으로 행했던 사랑만 남을 테니까요.

삶의 여행길에서 좌표가 되는 것은 바로 좌우명이 아닐까요?
내 삶의 좌우명은 무엇인가요?
끝나지 않은 여행길, 행운이 가득하길 바랍니다.

부단히 사랑해요. 우리.
결국 인생의 끝에 서면
우리가 온맘 다해 진심으로 행했던
사랑만 남을 테니까요.

저의 수줍은 글들은, 마음은 언제나 하늘을 바라보며 살고 시선은 땅의 낮은 곳에 두고 살기로 다짐하며 써내려간 고백입니다. 제 삶의 여정 가운데 어떠한 대가 없이 넘치게 받아왔던 사랑에 대한 감사이기도 하고요.

특별히 매순간 쉬운 길보다 어려운 길을 선택하는 딸에게 한 번의 반대 없이 믿어주고 응원해주고 기도해준 엄마에게 사랑과 감사를 전합니다. 저의 모남과 짜증을 다 받아주고 이젠 제법 오빠 같은 든든함으로 뒤에서 버팀목이 되어주는 동생에게도 고맙고요. 그리고 지금 제 옆에 있는 소중한 사람들 덕분에 이 책이 나올 수 있었습니다. 항상 좋은 영감을 얻게 해주고 글감이 되어주고 제 삶의 시선과 마음을 넓혀주셔서 진심으로 감사합니다.

저는 삶이 고달프고 힘들고 지칠지라도, 그럼에도 불구하고 사랑이 모든 것의 만병통치약이라 믿는 작가입니다. 오직 사랑만이 사람을 변화시킬 수 있으니까요. 앞으로도 저의 글 안에 사랑이 가득 담기기를 응원해주세요. 그 응원을 받아 함께 삶을 살아가는 사람들의 맑은 온기를 오롯이 담아 낼 수 있는, 시선이 더 따뜻한 사람이 되겠습니다.

서로를 바라보는 깊은 눈빛, 마음이 아픈 사람들의 볼을 타고 흘러내리는 눈물의 온도, 맞잡은 손 사이로 전해지는 따스한 체온, 들리지 않는 곳에서 외치는 작은 목소리까지. 작은 순간들을 놓치지 않고 이것들 안에 담긴 사람과 사랑을 글로 쓸 수 있는 작가가 되겠습니다.

이 글을 읽는 분들의 마음에도 따스한 사랑이 살며시 가 닿기를, 그 사랑이 또 다른 누군가의 마음을 터치하기를 간절히 바래봅니다. 어느 날엔가 눈부시고 찬란하게 빛날 당신의 여정들이 행복하고 사랑이 넘치기를 함께 응원하며 기도합니다. 이 책을 읽어주신 모든 분들의 매일이 선물 같은 날들로 설레기를 바랍니다. 감사합니다.

김예채

사람의 삶을 관찰하고 사랑에 대해 끊임없이 생각하다. 사람과 사람이 더불어 사는 세상에 대해 글을 써야겠다고 다짐한 작가. 내가 쓰는 짧은 글로 누군가의 마음이 잠시라도 따뜻해지기를 바라는 낭만파. 여전히 사랑이 만병통치약이라 믿는 사랑예찬론자. 역사와 역사 인물의 삶을 통해 인생을 배우는 일이 좋아, 시간만 나면 전국, 전 세계로 역사탐방을 떠나는 프로역사탐방러. 어쩌다 '역사 투어하는 여자'라는 유튜브 채널까지 운영 중인 유튜버. 지은 책으로는 《이제 당신이 행복할 차례입니다》 등이 있다.

인스타그램 @kimyechae_writer
유튜브 "역사 투어하는 여자" 채널 운영중

나에게로 떠나는 여행
마음에도 길이 있어요

1판 1쇄 찍음 2021년 5월 14일
1판 1쇄 펴냄 2021년 5월 21일

지은이   김예채
펴낸이   신주현 이정희
마케팅   임수빈
디자인   조성미
종이   월드페이퍼
제작   (주)아트인
펴낸곳   미디어샘
출판등록 2009년 11월 11일 제311-2009-33호
주소 (03345) 서울시 은평구 통일로 856 메트로타워 1117호
대표전화 02-355-3922 | 팩스 02-6499-3922
전자우편 mdsam@mdsam.net

ISBN 978-89-6857-180-0 03810